あやかし古都の九重さん
～京都木屋町通で神様の遣いに出会いました～

卯月みか Mika Uduki

ALPHAPOLIS
WEB CITY SINCE 2000
アルファポリス文庫

https://www.alphapolis.co.jp/

第一章　桜に導かれて

「あっちへ、行けー！」

目の前でうずくまっている子猫を助けたくて、私――七海結月(ななみゆづき)は、足元に落ちていた棒切れを拾うと、自分よりも体の大きな男の子たちに突進した。

「うわっ、なんだこいつ」

「痛っ！　尻を殴るなよ！」

「あんたたちだって、さっきその子を棒で殴ってたじゃない！」

「殴ってへん。ちょっとつついただけや！」

「その子、鳴いて嫌がってたもん！」

もう一度、棒切れを振り上げたら、男の子たちは毒(どく)づきながら、走って逃げていった。

ほっと胸を撫(な)で下ろし、震えている子猫のそばにしゃがみ込む。

「大丈夫？」

私は子猫にそっと話しかけた。白い毛並みがふわふわで、耳が尖(とが)り、鼻先の長い子猫は、私の顔を見上げると、小さな声で「コン」と鳴いた。

「怪我（けが）してない？」

男の子たちにいじめられていた様子だったので、心配になって尋ねる。よく見ると、子猫の脚から血が出ていた。

「包帯してあげるだけだからね。怖くないからね」

私はスカートのポケットからハンカチを取り出すと、子猫に話しかけながら、丁寧（ていねい）に脚に巻きつけて、きゅっと結んだ。子猫はされるがままになっている。

「痛かったね。ごめんね。あいつら、今度同じことしてたら、とっちめてやる」

ゆっくりと子猫の頭を撫でる。子猫は私の言葉がわかっているかのように、目を細めた。

可愛い子猫のそばから離れがたくて、ずっと頭を撫でていると、不意に、私の背後に誰かが立った気配がした。びっくりして振り向いたら、そこにいたのは、白い着物に赤い袴（はかま）、黄金色の上着を羽織（はお）った、長い髪の、目が眩（くら）むほど美しい女性だった。

「……！」

私がぽかんとしていたら、女性はすっと膝（ひざ）をかがめ、白魚（しらうお）のような指で子猫を抱き上げた。

「あ、あの……その子、どこへ連れていくの？」

おそるおそる尋ねる。女性は切れ長の目をわずかに細め、薄い唇（くちびる）を開いた。

「お山へ連れ戻すのじゃ。どうやらこの子は、幼いゆえ、お山から迷い出てしまったようじゃ。我が眷属を助けてくれたこと、感謝する。娘、名はなんという？」

「七海結月」

「結月か。心優しいそなたに、礼をしておこう。今後、何か困ったことがあった時、我が眷属がお前を助けるように、しるしを授ける。後ろを向くがよい」

　女性は私に背中を向けるように促した。この女性が何者なのかよくわからなかったけれど、どうしても言うことを聞かなければならないような気持ちになり、私は素直に後ろを向いた。

　すると、ひやりとした指で髪をかき上げられ、その後、首筋に、同じくひやりとした柔らかな感触があった。

　えっ、何をしたの？

　慌てて振り返ると、そこにはもう、女性の姿も子猫の姿もなかった。

＊

「ん、ん～、こねこ……」

　寝言をつぶやき、私は目を覚ました。

いつの間にか眠っていたようだ。

なんだか子どもの頃の夢を見ていた気がする。稲荷山の夢、だったような……。

ぼんやりしていると、車内チャイムが鳴った。続けて「まもなく京都です」という放送が流れる。

私は、「今日も新幹線をご利用くださいまして、ありがとうございました」という言葉を聞きながら立ち上がった。スーツケースを引いて、デッキへ向かう。

私の乗った新幹線は、京都駅のホームへ滑り込んだ。

大学卒業後、東京の企業に就職し、順調に社会人経験を積んでいた私が、退職して実家に帰ろうと決心したのは、一ヶ月前のこと。

ある日の朝礼で、直属の上司の婚約が発表された。相手の女性は私が入社時からお世話になっていた先輩で、キツいところもあるけれど、面倒見のいい人だった。皆が拍手し、お祝いムードに包まれる中、私は呆然と立ち尽くしていた。

部長と結婚するのは、私じゃなかったの？　だって「結婚するなら、七海みたいな優しい子がいいな」って言ってくれていたじゃない。

部長の隣に立つ先輩が幸せそうに笑っている。

部長と先輩が付き合っていたなんて知らなかった。部長の恋人は、私だと思っていたから。

「どうしたの？　七海さん、顔色が悪いわよ」

お祝いを受けていた先輩が、私の様子に気が付いた。足早に歩み寄ってきて、顔を覗き込む。

「体調悪い？　大丈夫？」

心配してくれる先輩を見て、胸がぎゅっと痛くなる。

「……大丈夫です。でも、すみません。私、今日は早退します」

ぺこりと頭を下げて自席へ戻り、バッグを手に取る。振り返って部長を見たら、すました顔で笑っていた。その瞬間、自分は部長に遊ばれていただけなのだとわかった。

「失礼しますっ……」

一礼し、会社を飛び出す。

ビルの外に出た途端、堪えていた涙が堰を切ったように溢れ出した。

退職を決意してからの一ヶ月は長かった。二股をかけていたことに対する謝罪などはもちろんなく、部長は、私との関係はなかったかのようにふるまった。先輩は何も知らない様子だったし、他の人に相談するのも憚られて、私は泣き寝入りをした。

二人から逃げるように三年間勤めていた会社を辞めた私は、心の傷を癒やすために、実家のある京都へ帰ることにした。

新幹線を降りて、JR奈良線に乗り換える。実家の最寄り駅は、京都駅から電車で五分というアクセスの良さだ。

稲荷駅に降り立ち、改札から外へ出ると、私は目を見張った。

「うわっ、相変わらず人が多いなぁ～！」

稲荷駅は、全国のお稲荷さんの総本宮である伏見稲荷大社の目の前だ。観光客が続々と、大きな朱色の鳥居を潜っていく。

「子どもの頃はこんなに人がいなかったのに、最近はいつ来てもすごい」

外国人観光客で賑わう参道の様子を眺めた後、鳥居に向かって軽く会釈をして、実家のある方向へ歩き出した。

実家は、稲荷駅からそれほど離れていない。築三十五年の一戸建てに辿り着くと、玄関の扉を開けて声をかけた。

「ただいまー」

するとすぐに母親が顔を出し、私の姿を見て目を丸くした。

「おかえり、結月。なんや、言うてた時間より早かったやん。夕方になるて言うてへんかった？」

「新幹線のチケットが取れたから、早めに帰ってきた。はい、これお土産」

持っていた紙袋を差し出すと、母親は「おおきに」と言って受け取った。

「遠いところからお疲れさん。はよ、上がり。お茶淹れたげるわ」

よいしょとスーツケースを持ち上げ、母親の後について居間に向かう。

「あっ、お義姉さん。お久しぶりです」

襖を開けて中に入ると、兄嫁の沙苗さんが、一歳になる甥の巧斗を抱いて、寝かしつけているところだった。

「久しぶり、結月ちゃん。去年の夏以来やね」

沙苗さんが、巧斗の背中をぽんぽんと叩きながら、私に笑顔を向ける。

「巧斗、結月ちゃんが帰ってきはったよ」

「う〜ん……」

甥の巧斗は、とろんとした目で私を見たけれど、すぐに母親の胸に顔を埋めてしまった。

「今、ちょっとおねむやねん」

「巧ちゃん、大きくなりましたね」

スーツケースを居間の隅に置き、沙苗さんの隣に腰を下ろす。巧斗の頬を指でつついてみた。白くてふっくらとした頬は、まるでお餅のようだ。

「これからよろしくね」

沙苗さんに会釈をされて、慌てて頭を下げる。

「あっ、はい……こちらこそ。なんか、すみません。急に帰ってきちゃって」

「すみませんやなんて。ここはもともと結月ちゃんの家やん」

現在、この家には両親と、二年前に結婚した兄夫婦が住んでいる。

「沙苗さん。これ、結月のお土産。お茶淹れてくるさかい、皆で食べよか」

東京銘菓の箱を沙苗さんに手渡し、母親が台所へ入っていく。沙苗さんは「ありがとう」と私にお礼を言い、巧斗を抱いたまま、器用に包装紙を破り始めた。

「わっ、何これ、可愛い。ラッコの形？」

箱の蓋を開け、沙苗さんが歓声を上げる。

「東京限定っぽいです」

ラッコの絵が描かれたスポンジケーキには、中にコーヒー牛乳味のクリームが入っているらしい。

母親がお茶を淹れて戻ってくると、私たちはいそいそとラッコに手を伸ばした。愛嬌のあるラッコに齧り付くのはなんだか可哀想な気がしたので、二つに割り、口に入れる。

確かにクリームはコーヒー牛乳の味だった。

「これ、おいしいわぁ。樹（いつき）さんの分も食べてしまいそう」

「ええんちゃう？　あの子、あんまり甘いもの食べへんし」

沙苗さんと母親の京都弁を聞きながら、ほっこりした気持ちでお茶をする。

帰ってきたんだなぁ、私……。やっぱり、実家は落ち着くなぁ。

――などと、しみじみしていたのは最初のうちだけだった。

かつて自分が住んでいた実家は、今ではすっかり両親と兄夫婦の家に変わっていた。突然、東京から帰ってきた私はもはやよそ者で、居場所などないことに気が付いた。

私がもともと使っていた部屋は、とっくの昔に兄夫婦の寝室に変わっていた。新しくあてがわれたのは、私が子どもの頃から、物置代わりに使っていた部屋だった。「ここしか部屋が空いてないし、片付けたら大丈夫やろ」と母親に言われ、整理はしたものの、狭（せま）い上に日当たりが悪く、居心地がよくない。

階下から、巧斗の盛大な泣き声が聞こえてくる。沙苗さんに、巧斗のお世話で何か手伝えないかと言ってみたこともあるけれど、逆に「うるさくしてごめんね」と謝られてしまい、申し訳ない気持ちになった。

次の仕事を見つけるまでの間、節約も兼ねて、実家でのんびりしようと思ったのは、私の甘えだった。きっと両親と兄夫婦に迷惑をかけているよね……。

こんなことなら、一人暮らしを続けたほうがよかったな。早く次の仕事と新居を探さないと。

私は、読んでいた文庫本に栞を挟み本棚に戻すと、部屋着を脱いだ。箪笥からシャツワンピースを取り出して着替え、スプリングコートを羽織る。

気晴らしに、河原町にでも行こう。

ハンドバッグを手に階段を下り、玄関に向かう。私の足音に気が付いたのか、母親が居間から顔を出した。

「あら、あんた出かけるの？」

「うん。ちょっと河原町に行ってくる」

「そうなん？　夕飯までには戻るんやろ？　今日はお鍋やから、遅れんといてね」

「わかった」

適当に返事をしながら、靴を履いた。

「行ってきます」

「行ってらっしゃい」

母親の声を聞きながら、玄関を出る。

京都一の繁華街、四条河原町へ行くには、ＪＲよりも京阪電車のほうが便利だ。観光客の多い伏見稲荷大社の前を通り過ぎ、京阪電車・伏見稲荷駅へ向かう。

踏切を渡り、改札を抜ける。カンカンカンと踏切の音が響いた後、緑色の車体がホームに滑り込んできた。観光客たちと一緒に電車に乗り込み、空いている席に座る。

祇園四条駅に着き、地下から地上へ出ると、桜で彩られた鴨川の風景が目に飛び込んできて、私は声を弾ませた。

「わぁ！　咲いてる！」

ここ数日、気温が高かったので、一気に花が開いたのだろう。今日は天気もいいので、河川敷にたくさんのカップルが座っている。

とりあえず町に出てきたけれど、何をしよう？

特別、どこか行きたい場所があるわけではないので目的地に迷う。

ウィンドウショッピングでもしようかな？　久しぶりに来たから、何か新しいお店ができているかも。

ぶらぶらと四条通を歩く。木屋町通に差しかかったところで、私は思わず足を止めた。

「綺麗……！」

高瀬川沿いに植えられた桜の木が満開だった。

ちょっと見ていこうかな？

木屋町通は南北に延びる、車一台分ぐらいの幅の道で、居酒屋やクラブといった夜の店が多い。一方で、廃校になった小学校がリノベーションされ、ホテルや飲食店に変わったおしゃれなスポットなどもある。

高瀬川は、江戸時代初期に、物流のために作られた京都と伏見を結ぶ運河だ。高瀬川の名前は、荷物を運んでいた高瀬舟から来ているらしい。昔は、荷物の上げ下ろしをするために船を接岸させていた、船入という入り江が九ヶ所あったそうだけれど、今は一之船入だけが残っている。

ぽかぽかとした陽気と、桜並木、さらさらと流れる小川のせせらぎに癒やされながら、私は無心に歩いた。

気が付くと、私は三条通に辿り着いていた。このあたりにタルトで有名なケーキ屋があったはずだと思い出して行ってみると、順番待ちの客が溢れていた。

「食べたいけど……時間がかかりそう」

肩を落としてタルトは諦める。ここまで来たのだから、どうせなら、一之船入の桜も見ていこう。

御池通を越え木屋町通をさらに北上すると、川幅が広くなり、小舟が浮かんでいる場所に出た。ここが一之船入だ。復元された高瀬舟と桜の組み合わせが絵になり、私はスマホで写真を撮った。こういう風景を見ると、やはり「京都っていいな」と思う。

しばらく一之船入を眺めた後、私は踵を返した。

タルト……やっぱり食べたいから、お店に並ぼうかな。

そんなことを考えながら、来た道を戻っていると、ふと、歩道に置かれた黒板が目に入った。カラフルなチョークで文字が記されている。

「『人材派遣会社セカンドライフ。あなたの第二の人生を輝かせるお手伝いをいたします。お気軽にお入りください』……？」

黒板の隅に、なぜか狐の絵が描かれていた。

『セカンドライフ』？　定年退職した人や、お年寄りのための人材派遣会社なのかな？

現在は無職の身。近々、仕事を探さなければいけないので、どんな会社なのか気になった。

黒板の裏を見てみると、Ａ４サイズのコピー用紙が貼ってあり「従業員募集中。給与、雇用形態、勤務時間、応相談。各種保険、寮有り」と書かれていた。

んっ？　寮有り？

居心地の悪い実家を思い出す。寮付きの会社に転職――いいかもしれない。

私は人材派遣会社『セカンドライフ』が入居している建物に目を向けた。雰囲気のいい町家だ。格子の出窓に近付いて覗いてみたけれど、意外と中が見えない。様子がわからないけど、お気軽にお入りくださいって書いてあるから、入ってみてもいいのかな？

気になって町家の前をうろうろしていたら、いきなり、入り口の戸がガラッと開いた。町家の中から出てきた人物を見て、私はぽかんと口を開けた。

美人だ。絶世の美人がいる……！

スーツ姿の若い男性は、透き通るような白い肌をしていた。黒髪には艶があり、目元は涼やか。すっと通った鼻筋は高く、薄い唇は形がいい。神様が他の人間の誰よりも気合いを入れて作ったのではないかと思えるぐらい、整った顔立ちだ。咄嗟に「絶世の美人」という表現が出てきたのは「この人が女性だったら、傾国の美女になってもおかしくないな」と思ったからだ。

芸能人……ううん、それ以上。

ぼうっと彼の顔を見つめていたら、黒い瞳がこちらを見た。

不躾に見ていて、失礼だったかな？

慌てている私に、彼が柔らかな言葉遣いで話しかけてきた。

「お待ちしてました。なかなか来はらへんから、道に迷わはったんかと思ってました。中へどうぞ」

にこりと笑って促す。その笑顔が美しすぎて、目眩がした。

「あっ……はい」

私は反射的に頷き、彼の後についていった。

町家の中はリノベーションされていて、現代風のオフィスだった。手前が応接コーナー、奥が事務スペースになっている。

事務スペースの壁際には、スチール製のキャビネットがあり、整然とファイルが並べられていた。オフィスデスクの上にはデスクトップのパソコンが二台置かれていたけれど、稼働しているのは一台だけのようだ。男性以外に従業員がいる様子はない。

「こちらへどうぞ」

男性が手のひらで応接コーナーを指し示した。私は言われるがまま、二人掛けのソファーに腰を下ろし、その段階で、ようやく我に返った。

あれっ？　私、なんでこの人についてきたの？

まるで不思議な力に導かれるみたいに、自然と事務所の中に入ってしまった。

男性が向かい側のソファーに座る。微笑みを浮かべて、私に会釈をした。

「今日は弊社の面接にお越しいただいて、ありがとうございます、和田さん。僕は所長の九重と申します。さっそく面接を始めさせていただきたいのですが、履歴書はお持ちですか？」

何か勘違いをされているとわかり、私は慌てて胸の前で手を振った。

「私、面接に来たわけではないです！」

「えっ？　では、あなたはなぜここに？」

長い睫毛を揺らして目を瞬き、小首を傾げた九重さんに、「すみません」と頭を下げる。

「道を歩いていたら看板を見つけて……気になって見ていたんです。声をかけられたから、なんとなくついてきちゃいました……」

「あれっ？　もしかして、僕、人違いをしてしまったんやろか？　事務所の前にいてはるから、てっきり面接に来はった人やって思い込んでしもた」

九重さんは私の弁明を聞いて、目を丸くした。

「今日、どなたかが面接に来られる予定だったんですか？」

「そうです。十五時の約束やったんやけど……。ドタキャンされたんかな」

面接のドタキャンなんて、お気の毒。

「まあでも、責任感のない人やってわかってよかったです」

九重さんはサバサバした様子で言って、立ち上がった。

「せっかく来てくれはったんやし、お茶でも飲んでいかはりません？」

「いえ、そんな。いきなりお邪魔して、お茶なんて……」

「実は、午前中に来はったお客さんから、二つもタルトをいただいたんです。僕一人だけやと食べきれへんし、どないしよって思ってたところで。手伝ってくれはったら嬉しいです」

断ろうとした私は、思わず身を乗り出した。

「タルトって、もしかして……」

「三条通の有名なケーキ屋さんのやつなんやけど、知ってはります？」

「さっき前を通ってきました！　入りたいなと思ったんですけど、お客さんがすごく並んでいて、何分待ちかわからない状態だったんです！」

私の話を聞いて、九重さんは決まりとばかりに、にっこり笑った。

「ほんなら、準備するし、ちょっと待っててください」

そう言って、事務所の奥へ入っていく。

しまった。図々(ずうずう)しいことを言ってしまった……。

初対面の相手から、タルトをごちそうになろうとしている自分に呆れる。けれど、今さら九重さんの後を追いかけて「遠慮します」とは言いづらい。

仕方なく、そのまま待っていると、お盆を持った九重さんが戻ってきた。私の目の前に、タルトの皿と、コーヒーカップを置いてくれる。

「お待たせ」

「フルーツタルト！　おいしそう！」

イチゴ、ブルーベリー、オレンジ。色とりどりのフルーツで飾られたタルトに、よだれが出そうになる。九重さんはもう一つの皿もテーブルに置くと、ソファーに腰を下ろした。

「おあがりやす」

ここまで来たら、遠慮するのは逆に失礼かも。

「ありがとうございます。では、お言葉に甘えていただきます」

私はフォークを手に取るとタルトに刺し入れた。イチゴとブルーベリーが載った部分をフォークに載せ、口に入れる。カスタードクリームの甘さと、ベリーの瑞々しさにうっとりした。

「このタルト、ワンホールいけちゃいそう！」

おいしいものを食べると、どうしてこんなに幸せな気持ちになるのだろう。

タルトに夢中になっている私に、九重さんが声をかける。

「おいしそうに食べはりますね」

顔を上げると、綺麗な瞳と目が合った。そのまなざしにドキッとして、パッと顔を伏せた。跳ねた心臓をなだめようと、さりげなく息を吐く。

初めて会った人に、ときめいてしまった……。

九重さんに気付かれた？　だとしたら、恥ずかしい。

「あ、あのっ、表の黒板に貼ってあった求人のこと、聞いてもいいですか？」

私は、誤魔化(ごまか)すように慌てて口を開いた。

「求人ですか？」

「はい。私、実は今、仕事を探していて。雇用形態とか、勤務時間とか、どんな感じなのかなって気になったんですけど」

「ご興味持ってくれはったんですか？」

九重さんが嬉しそうな顔をする。

「最初は試用期間を設けさせていただいて、その後に正社員という流れですね。勤務時間は九時から十八時で、土曜日曜がお休みです。仕事内容は、派遣登録に来られた方の面談や仕事の紹介で、事務と電話応対もしてもらえたら嬉しいです」

「ちなみに、お給料は……」

控(ひか)えめに尋ねてみると、前職と比べものにならないほど高額だった。

目を丸くした私を見て、九重さんが含みのある口調で付け足す。

「まあ、うちは……ちょっと特殊なので」

特殊？

そっと唇の端を上げた彼を見て気にはなったけれど、私は俄然、この会社の求人に興味を持った。

「あ、あのっ、寮というのは？」

「希望であれば、入居可能です。四条大宮のあたりにある一戸建てで、うちの登録スタッフが何人か住んでます。そやから、シェアハウスという形になりますけど」

なるほど、シェアハウスか。知らない人と一緒に暮らすのって、どんな感じなんだろう。

求人条件を聞いて真剣に考え込んでいたら、九重さんが、つっと立ち上がった。私の後ろに回り込み、首筋に顔を近付けてくる。

「きゃっ！　な、なんですか？」

間近に九重さんの息遣いを感じ、私は驚いて前のめりになった。

「ああ、びっくりさせてかんにん。さっきから、なんや、ええ匂いがするなぁて思っててん」

「匂い？」

私は香水や整髪料を付けていないし、柔軟剤も使わない。匂いがするものといえばシャンプーぐらいだけれど、そんなに香っていたのだろうか。

「あなた、困ってはるんとちゃいますか？」

「えっ？」

「仕事を探してはるんやったら、うちで働いてみませんか？」

九重さんは、私の目をじっと見つめた。その瞳には色気があって、私は彼から目が離せなくなった。なんだか頭がぼんやりする。

何も考えられなくなり、気が付いた時には、自然と言葉が滑り出ていた。

「――はい。ここで働かせてください」

私の答えを聞いて、九重さんは満足そうに微笑んだ。

＊

翌日は雨模様だった。濡れた歩道に張りつく桜の花びらを眺めながら、私は一之船入の人材派遣会社『セカンドライフ』に向かっていた。

妙な成り行きで働くことになり、今日が私の初出勤日。転職までもう少しゆっくりしてもよかったのだけれど、家にいても居場所はないし、仕事が決まって、むしろほっとした。

いい会社だといいな。続けられそうだったら、早めに寮に入らせてもらおう。

緊張で胸がドキドキする。

「まずは一ヶ月、お試しで働いてみはりませんか？　それで合わへんて思わはったら、辞めてくれはってもええし」と九重さんが言ってくれたので、試用期間は一ヶ月となった。

服装はスーツ規定だったけれど、今までの会社がオフィスカジュアルだったので、私はスーツを持っていなかった。その話をすると、試用期間中は自由でよいと言われたので、今日は、オフホワイトのカットソーに、グレーのフレアスカート、ベージュのスプリングコートを合わせている。

『セカンドライフ』へ辿り着いた私は、傘をたたみ、町家の戸を開けた。

「おはようございまーす」

元気よく挨拶をする。すると、中にいた九重さんが振り返って、にこっと笑った。

「おはようございます。七海さん」

朝から爽やかな笑顔だ。

本当に綺麗な人だなぁ。男の人なのに、美しさに嫉妬(しっと)しちゃいそう。

九重さんのフルネームは、九重蓮(れん)というらしい。「レン」という響きも綺麗だし「蓮」という漢字も優美なので、彼にとても似合った名前だと思う。

　傘を傘立てに差して室内に入り、スプリングコートを脱ぐ。

「コートはそこのポールハンガーに掛けてくれはったらええよ。それで、七海さんの席はこやから」

　九重さんが、向かい合わせにパソコンが置いてある片方のデスクを指し示した。その手に雑巾が握られている。

「もしかして、朝は掃除をしているんですか？」

「軽くね。床に掃除機かけて、デスクを拭くぐらいやけど」

「すみません。気が付かなくて。もっと早く来ればよかったです」

　始業前に掃除の時間があるかもしれないなんて、少し考えればわかることだ。迂闊だったと思い、頭を下げる。

「ええよ。言うてなかった僕が悪いんやし。それにまだ、試用期間中やし」

　九重さんは気にした様子もなく首を振った。

「いいえ。明日からもう少し早く来ます」

「ほんなら、そうしてくれはる？」

「はい」

明日は一本早い電車で来ようと考えながら、ロッカーに雑巾をしまっている九重さんを目で追う。

いい人っぽくてよかった。優しくてイケメンの所長なんて、贅沢（ぜいたく）だよね。

どんな会社なのだろうと不安に感じていた気持ちが和らぎ、ほっとした。

「ああ、九時になった。ほんなら、仕事始めよか」

掃除道具をしまい、手を洗って戻ってきた九重さんが、私の前に立った。

「では、改めて。今日からよろしくお願いします」

笑顔でお辞儀をされ、私も慌てて頭を下げた。

「こちらこそ、よろしくお願いします」

「どうぞ、座り」

椅子を引いて促され、「はい」と返事をして腰を下ろす。

「パソコンの電源はここやし、パスワードは『secondlife（セカンドライフ）』やから」

起動したパソコンに、教えられた通りパスワードをタイピングする。

「まずは毎朝、面談の予約や、得意先からの連絡が入っていないかメールをチェックしてほしいんやけど、今日のところは、スタッフと得意先を見てもらおかな。そこのフォルダ、クリックしてくれはる？」

九重さんに指示され、デスクトップ画面のフォルダをクリックする。すると「スタッフ一覧」「得意先一覧」「求人票一覧」などのフォルダが現れた。

「スタッフ一覧には、登録スタッフの個人情報が書かれてるから、取り扱いに気を付けて。得意先一覧は、うちに仕事をくれてはる会社の……」

各フォルダについて説明を受けていると、不意に、戸がトントンと叩かれる音がした。

来客かな？

私が入り口を振り返ると、九重さんもそちらを見て、小首を傾げた。

「今日は面談の予約は入ってなかったはずやけど、誰やろ？　飛び込みやろか」

私のそばから離れ、戸を引き開ける。

外には、緊張した面持ちの少女が立っていた。十代後半だろうか。長い黒髪を首元でツインテールにし、両肩から前に垂らしている。小柄で色白の可愛らしい子だった。

お仕事を紹介してもらいに来たお客さん……にしては若いなぁ。

どう見ても高校生といった年頃だ。

九重さんは少女を見て、一瞬「おや？」というように目を見開いたが、すぐに微笑を浮かべた。

「いらっしゃいませ。登録ですね？」

「はい」

少女がおずおずと頷く。

「どうぞお入りください。七海さん、お茶をお願いします」

「あっ、はい。わかりました」

私は慌てて椅子から立ち上がり、給湯室へ向かった。

給湯室には小さな冷蔵庫と電気ポット、お茶やコーヒー、急須(きゅうす)や食器などが置いてあった。

電気ポットでお湯を沸(わ)かし手早くお茶を淹れ、応接コーナーへ運ぶ。

「どうぞ」

上座(かみざ)に座る少女の前にお茶を置き、下がろうとした私を、九重さんが呼び止めた。

「七海さんも座って。ちょうどええし、そばで面談の様子を見てて」

指示を受け「はい」と返事をする。私はお盆を給湯室へしまうと、応接コーナーへ戻り、九重さんの隣に座った。

私が腰を落ち着けたところで、九重さんが話し始める。

「今日はようこそお越しくださいました。僕はこの事務所の所長で、九重と申します。こちらはスタッフの七海です」

そう言って、少女に名刺を差し出した。私の名刺はないので、とりあえず「よろしくお願いします」と頭を下げる。

少女は名刺を受け取ると、九重さんの名前をじっと見つめた。

「九重、蓮……」

「お仕事をお探しなのですね？」

九重さんの問いかけに、少女は「はい」と頷いた。長い黒髪がさらさらと揺れる。

「では、まず、こちらの用紙の枠内に記入をお願いできますか。可能な範囲でかまいません」

九重さんがＡ４サイズの用紙とボールペンを差し出した。少女はもう一度頷いてペンを受け取ると、用紙に文字を書き込み始めた。

どんな用紙なのか気になって、彼女の手元をちらちらと見ていたら、九重さんが私にも同じものを渡してくれた。

「スタッフ登録票」と書かれた用紙には、名前や生年月日、住所、職歴や資格などを書く欄（らん）があった。希望の業種や職種を書く欄もある。項目が細かいので、全部埋めるには、少し時間がかかりそう……などと考えていたら、意外にも少女は早々にペンを置き、九重さんに用紙を返した。

「書けました」

もう書けたの？　早っ！

用紙を受け取った九重さんの手元を、横から覗き込む。

するとそこには――

氏名：撫子（なでしこ）
年齢：三百歳ぐらい
生年月日：不明
現住所：稲荷山
電話番号：なし
メールアドレス：なし

と書かれていた。

三百歳？　生年月日不明？　んん？　どういうこと？

意味不明な記述に、目が点になる。

撫子さんは至極（しごく）真面目な表情をしていて、冗談で書いた感じはしない。神妙（しんみょう）な面持ちでこちらを見ている。

九重さんの反応は……？　私は横顔を窺う。

「うちのことは、どなたかからのご紹介で？」

九重さんは落ち着いていて、撫子さんの年齢やその他のプロフィールについて、戸惑っている様子はなかった。

「葵君です」

撫子さんの答えに、九重さんが顎に指を当ててつぶやく。

「葵ですか。なるほど」

撫子さんは、他のスタッフさんからの『お友達紹介』で、人材派遣会社『セカンドライフ』に来てくれたのかな？

いろいろと気になるけれど、とりあえず、黙って話を聞くことにした。

「お山を下りてきた事情を伺ってもいいでしょうか？」

九重さんの問いかけに、撫子さんが困った顔になる。

「言わなければいけないでしょうか？」

「話したくないということであれば、かまいませんよ。うちに来る子は、色んな事情を抱えてはるし」

九重さんが微笑んで、手を横に振る。撫子さんは、ほっとした様子で「すみません」と頭を下げた。

事情ってなんだろう……。

気になったけれど、二人の会話は既に仕事紹介の話へ移っている。

「何か、希望されるお仕事はありますか？」

「私に何ができるのかわからなくて……」

「特技などはありますか？　パソコン……は難しいでしょうから、例えば、家事とか、字がうまいとか」

「字は得意です。あと……外国語もできます」

「外国語ができるのですか！」

九重さんが、意外だというように目を見開いた。

「稲荷山には外国人がたくさん訪れるので、聞いていて覚えました」

撫子さんは住所を「稲荷山」と書いていたから、私とは意外とご近所さんなのかもしれない。伏見稲荷大社には外国人観光客が多いけれど、言葉を聞いただけで語学を習得するなんて、すごい！

「では、英会話スクールの事務などがいいかもしれませんね」

「私にできるでしょうか」

「しっかりした研修のある会社ですから、大丈夫ですよ」

撫子さんと九重さんの会話に耳を傾けていたら、不意に、ルルルル、と固定電話の音が鳴った。

「私が出ます」

急いで立ち上がり、事務スペースへ向かう。デスクの上の固定電話の受話器を取った。

「はい、人材派遣会社『セカンド――』」

「おい、コラ、蓮！　またお前んとこのガキが問題起こしおったで！　はよ、こっちに来て、処理せんかい！」

男性の声でいきなり怒鳴られて、背筋がひゅっと伸びた。

「あ、あの……大変申し訳ございません……！」

相手が怒っているようなので、反射的に謝った。

「お前、誰や？　所長はおらんのか？」

「所長は今、来客中でして……」

ぺこぺこ頭を下げながら受話器に向かって話していたら、クレームの電話だと気が付いたのか、九重さんが来て、通話を代わってくれた。

「お電話代わりました。所長の九重で――」

「蓮！　葵の馬鹿を引き取りに来い！　もう我慢ならん。クビにしたる」

九重さんの言葉が遮られた。受話器から、怒り心頭の声が漏れ聞こえる。九重さんは、名前を聞かずとも相手が誰だかわかったのか、「福屋社長。また葵が何かしでかしましたか。申し訳ございません」と、すぐさま謝罪した。先方の怒鳴り声に動じる様子はない。九重さんは、冷静に状況確認をした後、「すぐに参ります」と言って受話器を置いた。

ハラハラしつつ見守っていた私を振り返る。

「かんにん、七海さん。うちのスタッフがやらかしたみたいや。急いで行かなあかんようになってしもたから、撫子さんの面談は、七海さんが続けてくれはる？」

「えっ？　私でいいんですか？」

新人の私が引き継いでいいのかと、びっくりする。

「希望の勤務日数と時間、いつから働けるか聞いといてくれはる？　仕事の紹介は、また改めてしたらええし」

九重さんは「頼みます」と私の肩を叩き、応接コーナーの撫子さんに事情を説明した後、

「それではお願いします」と言って、事務所を出ていってしまった。

「あのう……」

あまりにもあっさりと行ってしまったので、唖然としていた私は、撫子さんの声で我に

返った。

急いで応接コーナーへ戻り、撫子さんに頭を下げる。

「すみません。面談の続きは、私、七海が受け持ちます」

ソファーに座り直して、撫子さんと向かい合うと、「よろしくお願いします」とお辞儀をされた。

「撫子さんは、いつから働きに来られそうですか？」

私の質問に、撫子さんは真面目な表情で答えた。

「大神様にお許しをいただければ、すぐにでも来られると思うのですが……」

「おおかみ様？」

誰だろう？

不思議な響きの名前に首を傾げる。

「では、希望の勤務時間と曜日を教えてください」

「それも、大神様にお許しをいただければ、いつでも大丈夫です」

どうやら、撫子さんが働くためには、「おおかみ様」という人の許可がいるようだ。

「おおかみ様……という方は、撫子さんが働くことを反対なさっているのですか？」

気になって尋ねると、撫子さんは困った顔をした。

「大神様は、今、私がお仕えしている方です。人間界で働きたいという話を、まだお伝えしていなくて……」

「人間界？」

撫子さんの言葉は、一つ一つが不思議だ。

「では、撫子さんが働くためには、まずはそのおおかみ様のご許可が必要なんですね」

「はい」

硬い表情で、撫子さんが頷く。私は撫子さんの書いたスタッフ登録票に目を落とした。

三百歳なんて書いてあるけど、この子、どう見ても十代だよね。中卒なのかな。それとも高校を中退？　もしかして撫子さんにはご両親がいなくて、おおかみ様っていう養い親のもとから、自立したいと思っているとか……？　でも、このプロフィールは一体……。

撫子さんはとても真面目そうに見えるのに、彼女の書いたプロフィールはふざけている。本当のことを言えない複雑な事情でもあるのだろうか。

「あの……撫子さん」

私は少女の目を見つめると、口を開いた。

「実際の年齢は何歳なんですか？　それから、名字は？　詳しいご住所は？　本当のことを言えない、ご家庭の事情などがあるんですか？」

撫子さんは、真剣な表情の私を見返し、一度ぱちりと目を瞬くと「あっ」と言って口元を押さえた。

「忘れていました。人間には名字があり、百歳程までしか生きられないのでしたね。――それでは、私は『伏見撫子』と名乗っておきますね。年は……ええと、とりあえず、三十歳にしておきます」

私は、呆れながら撫子さんを見た。アラサーになんて、とても見えない。


面談が終わり、撫子さんが帰った後、私はすっかり手持ち無沙汰になってしまった。仕事を教わる前に九重さんが出ていってしまったので、何をしたらいいのかわからない。

そういえば、登録スタッフや得意先の確認をしてほしいって言われていたっけ。

私はパソコンに向き直ると、九重さんに教えてもらったフォルダをクリックした。まずは「スタッフ一覧」のフォルダを開ける。すると、

「『スタッフ登録票（人間）』『スタッフ登録票（狐）』……？」

さらに二つのフォルダが出てきて、首を傾げた。

スタッフ登録票って、さっき撫子さんに書いてもらったものだよね。狐って何？

私は『スタッフ登録票（狐）』のフォルダをクリックした。五十音順に名前が並んでいる。

「葵」という名の文書を開いてみる。文書は撫子さんに書いてもらった登録票と同じフォームになっていたけれど、内容を見るなり、私は首を傾げてしまった。

「んんっ？　何これ」

氏名：葵
年齢：三百五十歳ぐらい
生年月日：不明

またすごい年齢が出てきたなぁ。

他の文書も確認することにした。適当に選び、開いてみると――

氏名：白藤（しらふじ）
年齢：四百歳ぐらい
生年月日：不明

なんで皆、わけわからない年齢なの？　他には何も書かれていないし……。

一体、ここの登録スタッフはどうなっているのだろう。その後もいくつかの文書を確認してみたものの、どれも似たような内容だった。

もしかして、もう一つのフォルダもこんな感じなのかな？

私は今度は『スタッフ登録票（人間）』のフォルダをクリックし、中の文書を開いてみた。

氏名：青山薫（あおやまかおる）

年齢：二十六歳

生年月日：一九××年×月××日

「あ、こっちは普通だ……」

青山薫さんの登録票には「メーカーの経理事務を三年」「簿記（ぼき）検定二級」と、ありふれた職歴と資格が書かれていた。年齢も生年月日も普通だ。変なスタッフばかりいるのかと思った。

少しほっとして、文書を閉じる。

その後「得意先一覧」「求人票一覧」を眺めているうちに正午になった。

お腹が「ぐ～」っと鳴ったものの、まだ九重さんは戻らない。

お昼ご飯、どうしよう。コンビニかどこかに買いに行くつもりだったから、何も持ってきていないんだよね。事務所を空けるわけにはいかないし……。

そわそわしていると、町家の戸が開いて、九重さんが帰ってきた。

「かんにん。七海さん。遅くなってしもて」

手にバラ柄の紙袋を持っている。四条河原町にあるデパートの紙袋だ。

「お昼どうしはったん？　何か食べはった？」

私の席に近付いてきた九重さんに、「まだです」と、答える。

「やっぱりそうやったんや。ほんまかんにん。デパートでお弁当買（こ）うてきたし、よかったら食べて」

目の前に差し出された紙袋を受け取り、中を覗き込んで、思わず「わぁ！」と声を上げた。おばんざいのお弁当が二つ入っている。貼られている値札のお値段は、結構お高い。

「おいしそう！　いただいていいんですか？」

「ええよ。僕も食べるし」

「ありがとうございます！」

私はいそいそとお弁当を取り出し、デスクの上に置いた。「お茶を淹れますね」と言って、給湯室へ向かう。

高級弁当付きの仕事なんて、最高！　待遇が良すぎて涙が出そう。

鼻歌を歌いながら丁寧にお茶を淹れ、お盆を持って事務スペースへ戻る。

「お茶が入りました。どうぞ」

九重さんのデスクに湯呑(ゆの)みを置こうとしたら、九重さんも手を伸ばし、指と指が触れあった。思いがけない接触にびっくりして手を引っ込めたけれど、九重さんがしっかりと湯呑みを掴(つか)んでくれたので、こぼさずにすんだ。

「おおきに」

九重さんが私の顔を見上げ、にこりと微笑む。そのまなざしが色っぽくて、私の心臓が、ドキンと音を立てた。

「どうかしはったん？　七海さん。顔赤いで」

「あ、いいえ……なんでもないです」

思わずときめいてしまった。美形の所長の笑顔は攻撃力が高い。

この間失恋したばかりなのに、一緒に働き始めて一日目の上司にドキドキするなんて、私、尻軽すぎない？

「そう？　ほんならええんやけど。しんどいんやったら言うてな」

内心で頭を抱えていたら、私の体調が悪いと勘違いしたのか、九重さんが心配そうな顔をした。

うう っ、所長、超優しい！

感動のあまり、本当に泣きそうになった。この会社はいいところだ。試用期間なんてすっ飛ばして、今すぐ正社員になりたい。

「ご飯、食べよ？」

「あっ、はい、そうですね」

お盆を持って立ち尽くしていた私は、九重さんに声をかけられ、慌てて自分のデスクの椅子に腰かけた。

「いただきます」と言って、お弁当のプラ容器の蓋を開ける。中には、里芋や人参、ひろうすの煮物や、菜の花の胡麻和え、豆腐のミニハンバーグ、ゆかり・ごま塩・ひじきのおむすびが入っていた。

まずは豆腐のハンバーグを口に入れる。

「おいしい！　幸せ～！」

ほっぺたが落ちそうなおいしさに思わず左手で頬を押さえると、そんな私を見て、九重さんが微笑んだ。

「こないだタルトを食べてはった時も思ったけど、ほんまに、七海さんはおいしそうにものを食べはるね。見てると、こっちも幸せな気持ちになるわ」

「そうですか？」

「うん」

「食いしん坊」と言われているような気もしたけれど、九重さんの口調から嫌みは感じられない。褒め言葉だと受け取っておこう。

湯呑みに手を伸ばしたら、ぷかぷかと茶柱が浮かんでいた。私はいい気分になり、茶柱を倒さないように、そうっと湯呑みの縁に口をつけた。

「あ、そういえば、所長」

私は湯呑みをデスクに置くと、九重さんに話しかけた。

「所長がいらっしゃらない間『スタッフ登録票』を確認してたんですけど、あれ、なんで人間と狐に分かれているんですか？　狐ってなんですか？　そっちのファイルに登録されているスタッフの経歴、ちょっとおかしいし……」

戸惑っている私を見て、九重さんが苦笑する。

「驚かせてしもた？　かんにん。その説明をするよりも先に、撫子さんが来はったからね。順番に説明したほうがびっくりしはらへんかなって思ってたんやけど、先に見はったんやったら言うとこかな。――実は、人材派遣会社『セカンドライフ』の登録スタッフの大半は狐やねん」

九重さんはごく自然に、軽い口調でそう言った。

「は?」

私は、間抜けな声を出した。

「それは、あの、どういう意味でしょうか……?」

「言葉通りの意味やで。午前中に訪れた撫子さんも狐やね。彼女は稲荷山の霊狐や」

稲荷山の霊狐?

伏見稲荷大社の神使は狐だと言われているので、稲荷山と狐は縁があるけれど、霊狐とはどういうことなのだろうか。

わけがわからず混乱している私を見て、九重さんが悩ましそうな顔をする。

「びっくりしはるよね。新しく入社してくれた従業員さんにこの話をすると、皆さん、馬鹿にされているとでも思わはるんか、翌日には仕事に来なくなってしまわはるねん」

九重さんと初めて会ったのはつい昨日のことで、今日を含めても、まだトータル数時間しか接していないわけだけれど、彼が人を馬鹿にする人だとは、私には思えない。でも冗談を言って、私をからかっているようにも見えなかった。

「あのう……霊狐って、どういう意味なんですか? 何かのたとえですか?」

私はできるだけ冷静に尋ねた。

「たとえとちゃうで。撫子さんは正真正銘の霊狐やし、うちに登録してるスタッフの大半が狐やていうのもほんま」

九重さんは、驚いている私が面白いのか、「ふふふ」と笑う。

「狐たちの中には好奇心旺盛な子がいて、人間の住む世界で生活してみたいと思う者がいてるねん。けど、人間界で暮らそうと思うと、住居がいるし、お金もいる。人間のふりもしなあかん。そんな悩める狐たちを助けてあげよ、と思って、僕は人材派遣会社『セカンドライフ』を設立してん」

狐を助ける……。

私は眉間に皺を寄せ、人差し指でこめかみをぐりぐりと押した。——駄目だ、意味がわからない。

九重さんは、そんな私を見て、困ったようにつぶやいた。

「うちで働くの、嫌にならはった？　七海さんが辞めてしもたら、また求人かけなあかんなぁ……」

「えっ？　あっ、いえ、そんなことは、全然！　働かせてください、これからも！」

よくわからないけれど、九重さんがいい人で、この会社の勤務条件が好待遇なことには変わりない。働くなら、こういう職場がいい。しかも、寮に入ることができれば、実家を出られる。

私は両手を大きく振り、退職の意志がないことを示した。

「ほんま？　ああ、よかった」

ほっとした様子でふわりと微笑んだ九重さんの顔を見たら、また胸がドキンと鳴った。なんだろう、この人は。美人というだけではなく、妙に人を惹き付ける魅力がある。

所長はイケメンだし、給料もいいし、お弁当も買ってくれるし……ここはいい職場！

心の中で自分に言い聞かせ、最後に「……の、ハズ」と頼りなく付け足す。

九重さんは、私が仕事を続ける意志を表明したので、安心したようだ。

「ああ、そうや。せっかくやし、撫子さんの担当、七海さんにお願いしよかな」

「担当？」

「一度経験してみはったら、今後の仕事のやり方もわかると思うし。よろしゅうお願いします」

こうして、私の初仕事が決まった。

＊

昨日の出来事は、結局、よくわからなかったなぁ……。

撫子さんが訪れた翌日。私は腑に落ちない気持ちのまま、出勤した。今日は昨日よりも早めに行こうと思って気合いを入れて家を出たら、始業時間の四十分も前に事務所に着いてしまった。事務所の鍵が開いているか心配しながら戸に手をかける。

「あ、開いた。よかった」

戸はすんなりと開いた。九重さんはもう出勤しているのだろうかと思い、事務所内を見渡した。

「誰……？」

私は目を瞬かせた。応接コーナーのソファーに、見知らぬ青年が横になっている。眠っているのか、呼吸に合わせて体が上下に揺れている。

登録スタッフの誰かだろうか。

「所長は……いない」

どうやらまだ出勤していないようだ。

私はスプリングコートを脱いでポールハンガーに掛け、バッグをデスクに置いた後、応接コーナーの青年のそばへ歩み寄った。

グースカと寝ている青年の顔を覗き込む。夢でも見ているのか、長い睫毛が時折ぴくっと動く。年は二十歳過ぎといったところだろうか。

「あのう……もしもし」

私は眠っている青年に声をかけた。青年が起きる気配がなかったので、トントンと肩を叩く。

「なんでこんなところで寝ているんですか？」

トントン、トントン。

数回叩くと、「うーん」と唸った後、青年が目を覚ました。ぼんやりとした様子で私を見上げた青年は、ぱちぱちと瞬きをした。

「君、誰？」

「私は昨日からここで働き始めた七海結月です。あなたは、登録スタッフさん？」

小首を傾げて問いかけると、青年は体を起こし、両手を上げて、大きなあくびをした。

「うん、そう。俺はここの登録スタッフ」

「事務所の鍵を持っているんですか？」

一スタッフがどうして所長よりも早く事務所に入れたのだろうと不思議に思って尋ねたら、青年は悪戯っぽい表情で笑った。

「それはまあ……ちょちょいと開けたんだよ」

ちょちょい？

そう言われて、スパイ映画のようにヘアピンで鍵を開ける様が思い浮かぶ。この事務所の鍵は旧式だし、もしかすると可能かもしれない。

勝手に開けて入れちゃうなんて、鍵を替えたほうがいいんじゃないかな……。

そんなことを考えていたら、

「葵」

青年が自分の顔を指差し、人好きのする笑みを浮かべた。

「俺、葵っていうんだ」

んんっ？　葵っていう名前、聞いたことがあるような……。

そういえば、昨日、クレームの電話で怒鳴られた時のスタッフ名が「葵」だった。それに、確か『スタッフ登録票（狐）』にも名前が載っていた。

名簿の内容を思い出し、私は、葵君の顔をまじまじと見つめた。「スタッフの大半が狐」という九重さんの言葉を信じるなら、彼も狐ということになる。栗色（くりいろ）の髪に、色素の薄い茶色の瞳。アイドル歌手のような美青年は、どこからどう見ても人間だ。

じっと見つめていると、葵君が、にこっと笑った。

「結月、よろしく！」

突然、抱きつかれ、私は「うひゃっ！」と変な声を上げた。

葵君は、私の首筋に鼻を寄せ、すんすんと匂いを嗅(か)いでいる。

「さっきから思ってたんだけど、結月っていい匂いがするね」

「な、な、な――」

私が「何するのよっ」と叫ぶよりも早く、事務所の戸が開く音がして、

「葵……」

呆れたような九重さんの声が聞こえた。

「何をやってるん？　七海さんに」

急いで振り返ると、九重さんが事務所の入り口で、額(ひたい)を押さえて溜め息をついている。

「助けてください、所長っ！」

私が悲鳴を上げて泣きつくと、九重さんは大股で応接コーナーへやって来て、葵君の服の襟(えり)を掴み、私から引きはがした。

「蓮、何するんだよ。乱暴だなぁ」

「君のそういうところが、問題を引き起こすねん。ええ加減にしよし」

唇を尖らせた葵君の額を、九重さんが、ぺちんと叩く。

「痛っ」

葵君はオーバーに声を上げ、額をさすっている。

「かんにん、七海さん。びっくりしたやろ？　この子、葵っていうて、うちの登録スタッフなんやけど、問題児でな。仕事先で女性問題起こしては、クビになるねん。昨日も派遣先の飲食店で、社員の女性とバイトの女の子に二股かけていたことがばれて、刃傷沙汰一歩手前になってな……」

九重さんの説明を聞いて、私は唖然として葵君の顔を見た。

「だって、人間の女の子って可愛いじゃん」

葵君は悪びれた様子もなく笑っている。

あの電話って、そんな内容だったんだ！

三角関係で刃傷沙汰なんて、ドラマみたいだ。

「それに、蓮が今回もなんとかしてくれたんだろ？」

何やら思わせぶりににやにやしている葵君の額を、九重さんがもう一度叩いた。

「今回は丸く収めたけど、あの力は気軽に使うもんやない。そうそう何度も尻拭いできひん。反省しよし」

二人の会話の意味がわからない。あの力ってなんだろう？　九重さんが、先方に土下座でもしたのかな？

「で、今日は何しに来たん？　君に紹介する仕事は、もうあらへんよ」

九重さんが腰に手を当て、葵君を睨む。葵君は唇を尖らせた。

「ええ～っ。そんなこと言わないで何か仕事を紹介してよ。今月も女の子と遊びに行く予定が詰まってるんだから、デート資金が必要なんだってば」

「……はぁ」

九重さんは、やれやれというように溜め息をつくと「この子は本当に懲りひんなぁ」とつぶやいた。

「さすがにもう、一般の会社は紹介できひん。葵、これからは僕の手伝いをしよし」

「蓮の手伝い？　お給料が出るなら、それでもいいよ」

「ちゃっかりしてるわ。僕の手伝いは給料安いし、覚悟しとき」

「ええ～……」

葵君は不満そうだけれど、九重さんは何か思いついたのか、「そうや」と手を打った。

「ちょうどええわ。初仕事や。葵、七海さんを稲荷山に連れていってあげてくれへん？」

「稲荷山？　なんで？」

葵君が小首を傾げる。口調は若干嫌そうだ。

葵君を無視し、九重さんが私に声をかける。

「七海さん。昨日、撫子さんに紹介する仕事ピックアップしてはったやろ？　撫子さんのところに行って、提案してきてくれへん？　彼女、スマホがないし、直接訪ねるしか連絡取る手段がないねん。葵と一緒に行ったら、会えるし」

確かに、撫子さんの連絡先はあやふやだ。昨日、私は撫子さんのために、取引先の中から、英会話スクールの求人を探し出した。撫子さんに連絡を取りたいと思っていたのだけれど、スタッフ登録票に電話番号が書かれていなかったので、どうすればいいのか困っていた。

葵君と一緒に行ったら会えるって、どういう意味なのかな？

不思議に思ったものの、とりあえず「はい」と答える。

「稲荷山かぁ～。気が重いよ～」

葵君はぶつぶつ言っていたけれど、九重さんが、「古巣やろ？　そんなこと言うてええの」と目を細めたので、しぶしぶ頷いた。

「まあいいか。結月とデートできると思えば」

すぐに気を取り直して、にこっと笑う。

「デートって……」

困惑していると、九重さんが葵君の頭を軽くこづいた。

「七海さん、葵の言うことは気にしいひんといて。この子、誰にでもこういうこと言うねん」

「誰にでも……」

どうやら、葵君が女たらしだというのは本当らしい。

私は自分のデスクの引き出しから、撫子さんのために用意しておいた求人票を取り出し、クリアファイルに挟んでバッグに入れた。

「じゃーね、蓮」

「行ってきます」

九重さんに会釈をし、葵君と連れ立って事務所を出る。木屋町通を三条通方面に向かって歩き出した。

稲荷山に行くことになるのなら、朝、直接寄ったほうが近かったんだけどな。

出社したばかりなのに、家に帰るような気持ちでいると、隣を歩く葵君が、興味津々といった様子で問いかけてきた。

「ねえねえ、結月。結月はなんで、『セカンドライフ』に入ったの？」

ぶらぶらしていたら偶然『セカンドライフ』を見つけ、九重さんに誘われるままに事務所に入り、いつの間にか勤める話になっていた——と説明すると、葵君は難しい顔をして腕を組んだ。

「ふ～ん、なるほど……」

「不思議な経緯でしょう？」

「――結月、蓮には気を付けてね」

葵君に注意されて、きょとんとする。

「気を付ける？　なんで？」

「理由は言えないけど……とりあえず、気を付けて」

どういうこと？

怪訝（けげん）な気持ちで葵君を見つめる。彼はすぐに笑顔に戻り、私の顔を覗き込んだ。

「蓮、美形だから、誘惑されたりしないでよ。もし好きになるなら、俺にしときなよ。ね、結月」

冗談なのか本気なのか。私は半眼になると、葵君の肩をバシンと叩いた。

「葵君って、本当にたらしなんだね」

「痛っ！　結月、もしかして乱暴者？」

私に叩かれた部分を大げさにさすっている葵君を見ながら、「この子、本当に狐なのかな」と考える。

「……ねえ、葵君」

私は思い切って尋ねてみた。

「葵君って、狐なの？」

すると葵君は、ぱちり、と目を瞬かせた後、「そうだよ。蓮から聞いたの？」と笑った。

「冗談だよね？」

本人からそうだと言われても、信じられない。疑いのまなざしを向ける私に、葵君が形のいい唇を尖らせる。

「冗談ってなんだよー」

「だって、人間の姿をしているじゃない」

「狐って、化けられるんだよ。知らないの？　昔話とかでも、そうでしょ」

葵君が肩をすくめるので、私は口ごもる。

「知ってるけど……」

「あ、じゃあ、尻尾（しっぽ）を見たら納得する？」

「尻尾？」

「今は隠してるけど、すぐ出せるよ。ちょっと待ってて」

そう言うなり、葵君がデニムのボタンをはずし、ファスナーを開けて下ろそうとしたので、私は慌てて止めた。

「ま、待って！　何、いきなり脱ぎ出すの！」

「だって、服着たままじゃ出せないし」

「いい！　別に出さなくていい！」

こんな路上で下半身を晒したりしたら変質者だと思われてしまう。私が勢いよく首を横に振ると、葵君が残念そうな顔をした。

「そう？　見せたかったな。俺の尻尾、綺麗なんだよ」

葵君と軽口を叩いているうちに、京阪電車・三条駅に着いた。

ホームに入ると、ちょうど電車が停まっていたので、乗り込み、空いている座席に座った。

電車は七条駅まで地下を通った後、地上へ出て、住宅街の間を走っていく。まもなく伏見稲荷駅に到着すると、私と葵君は電車を降りた。見慣れた朱色の駅を出て、伏見稲荷大社へと向かう。

平日だというのに、伏見稲荷大社は相変わらず観光客が多かった。人の流れに乗り、裏参道から境内へ入る。

目的地は稲荷山だけれど、神様にお参りをせずに通り過ぎるのも失礼なので、まずは本殿に手を合わせることにした。

伏見稲荷大社の御祭神は、宇迦之御魂大神、佐田彦大神、大宮能売大神、田中大神、四大神の五柱。主祭神の宇迦之御魂大神は穀物の神様だ。

私は、本殿前の階段のそばに佇む狛狐の像を見上げた。左側の狐は、黄金色の稲穂を咥えている。伏見稲荷大社の神使が狐であるのは、狐が稲を食べるネズミを獲るからだとか、尻尾が稲穂に似ているからだとか言われているらしい。

階段を上がり、本殿前の内拝殿に立つと、私は財布から小銭を取り出し、お賽銭箱に入れた。丁寧に二度お辞儀をし、パンパンと手を叩く。そして「いつもありがとうございます」と神様にお礼を言うと、もう一度お辞儀をした。

お参りが終わり「葵君も済んだかな」と思って振り返ると、彼は離れた場所で、まるで神様から隠れるように、こそこそしていた。

「葵君？」

「うひゃあ」

後ろから名前を呼ぶと、葵君は情けない声を上げて飛び上がった。

「何してるの？　お参りは？」

「いや～……俺、勝手にお山を出た身だから、ここにいること、大神様に見つかりたくないんだよね……」

葵君は、ばつの悪い表情で頭を掻いている。

「……？」

「と、とりあえず、早く稲荷山に行って、早く用事を済ませようよ」

「早く」を二度も口にし、急かすように先に立って歩き出した。私はその後を、小走りに追いかける。

奥宮の横を通り抜けると、鳥居が山に向かってずっと連なっている場所に出る。鳥居は山頂まで続いていて、途中、様々なお社と、お塚群がある。山頂まで行くには一時間ほどかかるので、大抵の人は、途中の『四ツ辻』という見晴らしのいい場所で引き返す。

葵君と連れ立って鳥居の中を歩いていくと、道が二つに分かれている場所に出た。小さな鳥居が隙間なくぎっしりと並んでいて、朱色のトンネルを形成している。ここは『千本鳥居』と呼ばれている。

写真を撮る観光客の横をすり抜け『千本鳥居』に入る。鳥居と鳥居の隙間から太陽の光が差し込み、幻想的だ。

ここはいつ来ても、異世界へ導かれるような気持ちになる。

実際は異世界ではなく『奥社奉拝所』という場所へ繋がっているのだけれど。神奈備山である稲荷山を遥拝する場所だ。

『奥社奉拝所』を通り過ぎ、さらに鳥居の中を進もうとする葵君に問いかける。

「ねえ、どこまで行くの？　こんなお山の中に撫子さんがいるの？」

「『熊鷹社(くまたかしゃ)』まで行くよ。『谺ケ池(こだまがいけ)』で手を打って呼べば、出てくると思う。結月、疲れた？」

気遣ってくれる葵君に、「大丈夫」と返事をする。

『奥社奉拝所』がある場所は稲荷山の序盤だ。疲れを感じるには、まだ早い。

さらに先に進むと、神名を刻んだ、たくさんの石碑(せきひ)が現れた。石碑のまわりには小ぶりな鳥居が奉納されている。これらの石碑は個人が奉納したもので、稲荷山の各神蹟(しんせき)付近には、こういったお塚群が存在し、その数は一万基以上と言われている。無数のお塚が集まる様は本当に異界のようで、幼い頃から稲荷山に慣れ親しんでいた私も、ここを通る時は緊張したものだ。

『熊鷹社』に辿り着くと、私は御祭神の熊鷹大神(くまたかのおおかみ)に手を合わせた。大きな蝋燭(ろうそく)の明かりがゆらゆらと揺れる薄暗い熊鷹大神の拝所の中は、今日も妖(あや)しい雰囲気に包まれていた。

「結月、こっちだよ」

私がお参りを終えると、拝所の外で待っていた葵君が手招いた。お塚群の中に向かう彼の後についていく。

お塚群のあたりには数人の観光客がいた。彼らがいなくなるのを見計らい、葵君が『谺ケ池』に向かって、一度大きく手を打った。

パン、という音の後、葵君が呼びかける。

「撫子、いる？」

すると、どこからか、パン、という音が返ってきて、すぐそばで可憐な声が聞こえた。

「呼びましたか？」

驚いて振り返ると、いつの間にやって来たのか、白い着物姿の撫子さんが立っていた。

「撫子さん！」

「やあ、撫子」

私と葵君が同時に彼女の名前を呼ぶ。撫子さんは、私たちの顔を見て、にこりと笑った。

「こんにちは、葵君。それから、七海さん。わざわざ来てくださって、ありがとうございます」

丁寧にお辞儀をした彼女に、私も慌ててお辞儀を返す。

「もしかして、お仕事の件ですか？」

撫子さんに問われ、「ええ、そうです」と答える。

私は、あたふたとバッグを開け、中からクリアファイルを取り出した。一体どこから彼女が現れたのか、頭の中は混乱していたけれど、とりあえず、目先の仕事に集中する。

私は撫子さんに求人票を差し出し、説明した。

「英会話スクールのお仕事です。場所は四条河原町で、勤務時間は十時から二十時の間のシフト制。社会人や学生の生徒さんが多い教室です。どうですか？」

撫子さんが求人票を受け取り、じっくりと目を通す。

「このお仕事をお願いします」

「しっかりとした研修があるらしいので、未経験でも大丈夫だと聞いていますよ」

不安そうな撫子さんに「心配事があったら、なんでも相談してくださいね」と言い添える。

「いつから働けそうですか？　おおかみ様という方の了解は取れましたか？」

私が気になっていたことを確認すると、撫子さんの表情が曇った。

「それがまだ……」

その時、ざあっと強い風が吹いた。思わず目を瞑る。私と撫子さんのやり取りを聞いていた葵君が、舌打ちをした。

「しまった。見つかった」

瞼を開け、葵君に問いかける。

「見つかったって、誰に……」

「……っ」

撫子さんが息を呑み、目を見開いて、お塚の間を見つめた。つられて私もそちらへ顔を向けると、長い黒髪を頭の高い位置で一つ結びにし、撫子さんと同じような白い着物を着て、赤い色の帯を巻いた美しい女性が立っていた。女性は厳しい表情を浮かべている。

「蘇芳様」

撫子さんに蘇芳と呼ばれた女性は、滑るような身のこなしで近付いてきた。私たちの前に立ち、切れ長の目で、撫子さんと葵君を見る。そして私に目を留めた。

「九尾の小僧の手の者か」

口調は静かだったけれど、声が怒っているように聞こえたので、私は思わず体を震わせた。美人というだけでなく、この人には、凛とした迫力がある。

「きゅ、きゅうび……って……？」

「蘇芳様。その人は関係ない。俺たちが、好きで人間界に行っているだけだから」

あえぐように言った私をかばって、葵君が蘇芳さんとの間に割って入った。

「そうです。私が望んで人間界に行きたいのです。お許しください。蘇芳様」

撫子さんも私の隣に歩み出ると、蘇芳さんに頭を下げた。あたりに緊張感が漂う。

しばらくの間、黙って撫子さんを見つめていた蘇芳さんが、ふぅと息を吐いた。

「何か理由があるのであろう？　撫子。話してみよ」

「理由は、あります……。でも、言えません」

撫子さんは、胸の前でぎゅっと手を握り締め、首を横に振った。

「言えないのであれば、許せぬ」

蘇芳さんはまなざしを険しくしたけれど、撫子さんは断固とした口調で宣言する。

「蘇芳様がなんとおっしゃろうと、私は人間界に行きます」

彼女たちがなんの話をしているのか、私には全くわからない。けれど、撫子さんが何か強い決意を持って、人間の世界で働こうとしていることだけは確かだ。

「あの……よくわかりませんが、撫子さんのサポートは私がしっかりさせていただきます。安心してお任せください」

私は自分の胸に手を当て、蘇芳さんの目をまっすぐに見つめた。心の奥まで見通そうとするかのような蘇芳さんの黒い瞳が、ふっと細くなった。

「そなたからはなぜか大神様の香りがする。そなたになら、任せてもいいやもしれぬ……」

小さくつぶやいた後、蘇芳さんは軽く溜め息をついた。

「しかし、ほんに、あの九尾の小僧は、大神様のお山から、優秀な子どもばかり奪っていくのう……」

「優秀？」

その言葉を聞いた葵君がパッと顔を輝かせたけれど、蘇芳さんはちらりと彼に目を向け、つれない口調で否定する。

「そなたは別じゃ。――撫子。そなたが何かしらの決意をしていることはわかった。妾が大神様に話をしよう。許しが出るまでは、待機じゃ」

撫子さんに、厳しくも優しい声音でそう言うと、現れた時と同じようにお塚の間へ消えていった。

蘇芳さんの姿が見えなくなり、緊張が解けると、葵君が「はぁ～っ」と、深く長く息をついた。

「マジ怖いんだよね、蘇芳様。俺、苦手」

「葵君。まだどこかで聞いてらっしゃるかもしれませんよ」

「あ、ヤバ」

撫子さんの言葉に、葵君が慌てたように口元を押さえる。

「ええと、さっきの方は……？」

全く状況が理解できていない私は、撫子さんと葵君の顔を交互に見た。

「あのお方は天狐の蘇芳様です。人間界風に言うと、私たちの上司ですね」

「大神様のそばにお仕えすることのできる、エリート中のエリートだよ。稲荷山の霊狐を取り仕切ってるんだ」

「立派なお方です」

「怖いんだって、あの人。俺、あの人の下で働きたくなくて、お山を出たんだもん」

二人は口々に説明するが、話の内容が理解できず、私は眉間に指を当てた。

「霊狐を取り仕切る怖い上司？　なんだか、よくわからないんだけど……」

「う～ん、どういうこと？」と、ぶつぶつつぶやいていたら、葵君が私の肩をぽんっと叩いた。

「ま、詳しい話は、蓮に聞きなよ。とりあえず、お山を出て、さっさと事務所へ戻ろ？　撫子がこっちに来るのは、大神様のお許しを得てからだね。待ってるよ」

葵君の言葉に、撫子さんが頷く。

「はい。お許しをいただいたら、参ります」

「蓮に言ったら、住むところは用意してくれるから、安心していいよ」

「わかりました」

「じゃあ、結月、俺たちは先に帰ろ！　――ん？」

私を促し歩き出そうとした葵君が、何かに気が付いたのか、お塚の間に視線を向けた。つられて私もそちらを見て、「あっ」と声を上げる。

「猫ちゃん？　可愛い！」

ひょこっと顔を覗かせ、つぶらな瞳を向けてくるのは、白い猫だ。小さいので、子猫だろうか。しゃがんで「こっちへおいで」と手招いたら、子猫は、ととと、と近付いてきた。

「んっ？」

そばまで来た猫を見て首を傾げる。尖った顔、三角の耳、ふさっとした尻尾。

「猫じゃない……？」

「この子、俺たちの仲間だね」

葵君も私の隣に腰を下ろし、子猫――子狐に手を差し出した。

「霊狐の一族だけど、かなり若い。まだ、なんの力もないんじゃないかな」

頭を撫でようとした葵君の手を、子狐はひょいと躱した。葵君が拍子抜けした顔をする。

子狐は私の足元へ来て、すりすりと頬を寄せた。あまりの可愛さに、キュンとして悶える。

「可愛い！　すごく可愛い！」

思わず抱き上げ、膝に乗せた。子狐は大人しく、私の腕の中でじっとしている。

撫子さんが前屈みになり、子狐に話しかけた。

「あなた、一人？　お母様は？」

子狐が、ふるふると首を横に振る。

撫子さんと葵君が、困ったように顔を見合わせた。

「迷い出てきてしまったのでしょうか」

「どちらにしても、こんな幼い子が一人でふらふらしていたら危ないね。撫子、連れて帰ってくれる？」

「はい。――こちらへいらっしゃい」

撫子さんが子狐を抱き上げようとしたけれど、子狐は私のスカートに、ひしとしがみついた。まるで、「絶対離れません！」と言いたげな姿に、私の胸が再びキュンと高なる。けれど、稲荷山の霊狐を連れて帰るわけにはいかない。

私は名残惜（なごりお）しい気持ちで子狐を地面に下ろし、立ち上がった。

「お家へお帰り」

「それじゃ、事務所に戻ろうか、結月」

「そうだね」

子狐に手を振り、葵君と一緒に歩き出す。あの子は、撫子さんが連れて帰ってくれるだろう。

――と、思ったのに。

「コンコンコン！」

子狐は鳴きながら私を追ってきた。

「どうしよう、葵君」

鳥居を潜って階段を下りていっても、子狐は小さな脚でどこまでも必死についてくる。

「あの子、よほど結月が気に入ってるんだね。まあ、結月はいい匂いがするからね」

葵君が立ち止まり、苦笑いを浮かべた。

子狐は私たちに追いつくと、ぴょんと飛び上がった。思わず抱き留める。

「コンコン！」

何やら必死に訴える様子を見ていると、置いていくのが可哀想な気持ちになってくる。

「こいつ、どうしても結月と一緒に行きたいらしい」

霊狐同士だと意思疎通ができるのか、葵君が子狐の言葉を通訳してくれた。子狐は「そう」と言うように、「コン」と鳴いて頭を縦に振った。

愛らしい瞳で見上げてくるので、私は根負けした。

「……なら、一緒に来る？」

そっと尋ねると、子狐が私の腕の中で、嬉しそうに尻尾を振った。

「蘇芳様に知られたら、また怒られるなぁ。結月、早くお山を出よう」

葵君が私を急かす。私は頷くと、足早に鳥居の連なる階段を下っていった。

『セカンドライフ』に戻り、戸を開けて中に入ると、事務所で一人、仕事をしていた九重さんが振り返った。

「お帰り。遠いところお疲れさん」

すぐに私の腕の中にいる子狐に気が付き、目を丸くする。

「その子、どうしたん？」

「実はですね……」

稲荷山で懐かれてしまい、離れないので連れて帰ってきたと説明したら、九重さんは、くすくすと笑った。

「それで、撫子さんには会えた？」

「はい、会えました。英会話スクールの仕事、引き受けてくださいましたよ」

子狐を一旦床に下ろし、スプリングコートをポールハンガーに掛けながら答える。葵君はソファーに座って、だらりと背もたれに体を預けた。

「所長。私、稲荷山で不思議な体験をしました。葵君が、詳しい話は所長に聞けって言ったので、いろいろと説明してほしいんですけど……」

九重さんのそばに行き、おずおずとお願いする。九重さんは、資料ファイルを閉じ、「ええよ」と頷いた。

「わけがわからないって顔してはるね。ほんなら、ゆっくり説明しよか」

私と九重さんも、応接コーナーのソファーに移動する。腰を落ち着けると、九重さんは「さて」と話し始めた。

「前に僕が、この事務所の登録スタッフは狐やって言うたことを覚えてはる？」

私は頷く。衝撃の発言だったので、忘れるはずがない。

「実は京都には霊狐が多く住んでるねん。大半は稲荷山にいはるけど、お寺や神社にもいはる。狐たちには位（くらい）があって、修行をして年を重ねると、霊力を得ることができるねん。まずは気狐（きこ）に、次に空狐（くうこ）に、さらに上になると天狐にならはる。気狐より空狐が、空狐より天狐が霊力が強くて、位が上がるごとに、人に化けたり、空を飛んだり、様々な能力を得ることができる。狐たちは、より高い位を目指して、日々お勤めに励んではるねん」

「はぁ……」

私が困惑しながら相槌（あいづち）を打つと、その様子が面白かったのか、葵君が身を起こし、悪戯っぽく笑った。

「俺は気狐だよ。撫子もそうだね。気狐になると、変化（へんげ）の術がうまくなるんだ」

「そういえば、人間に化けているって言ってたね」

どこからどう見ても人間なのにと、疑(うたぐ)り深い視線で葵君を見ていると、次の瞬間——

「きゃっ！」

私は驚いてのけぞった。葵君が座っていた場所に、シャツとデニムをかぶった白狐(びゃっこ)がいる。白狐は体にまとわりつく衣服がうっとうしいのか、ぶるぶると体を震わせて脱ぎ捨て、私の顔を見上げた。

「信じた？」

「狐が喋(しゃべ)った！」

「喋るよ。だって、霊狐だし」

葵君の声で狐が話す。目を丸くしている私を見て、九重さんも楽しそうな表情を浮かべている。

「この白狐が葵やねん」

「狐がスタッフっていう話、本当だったんですね」

今まで半信半疑だったけれど、目の前で変化を見せられると信じざるをえない。

「じゃあ、稲荷山での出来事はなんだったの？　蘇芳さんって何者？」

狐姿の葵君に問いかける。

「俺たちは高天原(たかまがはら)にいらっしゃる大神様——宇迦之御魂大神様にお仕えしているんだ。と言っても、俺たちみたいな下っ端は使い走りみたいなもので、高天原には入れない。高天原と人間界との狭間の世界に住んでいて、各地の稲荷神社におつかいに行ったり、大社の絵馬の内容を記して天狐に渡したり、お山の掃除をしたりして働いてる。蘇芳様は位の高い天狐で、大神様の近くにお仕えしてるんだよ」

　葵君の説明に「狐の世界にも会社の部署みたいなものがあるんだなぁ」と妙に感心してしまう。

「中には、いろんな事情で、狭間の世界を出て人間界で暮らしたいと思う霊狐もいはるねん。とはいえ、霊狐が人間界で暮らすには、危険もある。正体がバレたら襲われるかもしれないし、捕まるかもしれない。彼らが安心安全に暮らせるようにサポートするのが僕の仕事。『セカンドライフ』は、そのためにあるんやで」

　九重さんがこの会社の設立理由を教えてくれた。

　気になったので尋ねてみる。

「葵君はなんで人間界に出てきたの？」

「俺、人間の女の子が好きなんだ～。すっごく可愛い！　それに人間界には娯楽がいっぱいあって楽しいし！」

　葵君は軟派な答えを返した。どうやら彼は、自由に遊びたくて、人間界に出てきたようだ。

「じゃあ、今はどこに住んでいるの?」

「俺は、『セカンドライフ』の寮に住んでるよ。中には、マンションや貸家に住んでる霊狐もいるけどね」

「マンションに住んでる狐もいるんだ……」

霊狐たちは、かなり人間界に馴染(なじ)んでいるようだ。もしかすると、隣人が狐、なんてことがあり得るのかもしれない。

世の中、知らないこともあるものだ。

でもそうしたら、九重さんはどうして霊狐のことにこんなに詳しいのかな?

不思議に思って問いかけようとした時、トントンと入り口の戸が叩かれた。戸が開き、遠慮がちにスーツ姿の女性が入ってくる。

「あのう、面談に来た蒲生(がもう)と申しますが……」

九重さんが「あ、しもた」とつぶやいた。

「今日、面談の予約が入ってたんやった」

蒲生さんは私の隣にいる狐姿の葵君を見て目を丸くしている。驚いているところを見ると、彼女はどうやら人間のようだ。私は慌てて葵君の服をかき集め、小声で急かした。

「葵君、あっちへ行こう! 人間の姿に戻って、着替えて!」

空気を読んだのか、葵君が「ワンッ」と犬の鳴き真似をして、ソファーから飛び下りる。床に寝転んでいた子狐を連れ、事務コーナーに姿を消した。蒲生さんが「なんだ、犬だったのか」というような表情をしたので、うまく誤魔化せたようだ。

「七海さん、お茶と、スタッフ登録票持ってきてくれへん？　――すみません。お待たせしました。こちらへどうぞ」

九重さんは私に指示を出した後、見る者を虜（とりこ）にするような甘い笑顔で、蒲生さんを招いた。

私が『セカンドライフ』で働き始めて、半月ほどが経った。

「じゃあ、頑張ってくださいね、撫子（なでしこ）さん。――どうぞ伏見（ふしみ）さんをよろしくお願いします」

私は、英会話スクールに初出勤する撫子さんを励ますと、人事担当の事務の女性に頭を下げた。

「はい。こちらこそよろしくお願いします」

事務の女性が人当たりのいい笑顔で頷く。初めて働く撫子さんにも優しく接してもらえそうだ。

「今日はついてきてくださってありがとうございました。七海（ななみ）さん」

やや緊張気味の撫子さんに、もう一度「頑張って」と声をかけ、英会話スクールを後にした。

「私も少しレベルアップしたかな」

これで、撫子さんに仕事を紹介するという、人材派遣会社『セカンドライフ』での初仕事を終えたことになる。今まで一般事務としてしか働いたことのなかった私にとって、誰かのために仕事を紹介するという経験は、大きな成長だろう。

「それじゃ、事務所に戻ろう……」

「ゆーづきっ！」

「きゃあっ」

一之船入の事務所に向かって歩き出そうとした時、後ろから突然誰かに抱きつかれ、私は悲鳴を上げた。慌てて振り返ると、葵君だ。

「今日も結月はいい匂い」

語尾にハートマークが付きそうな声で言い、葵君が私の首筋に顔を埋める。町中で抱きつかれている私を、道行く人たちが眉を顰めながら眺めていく。私は恥ずかしくなって、葵君の体を押しのけた。

「葵君！　放して！」

「ちぇ～。もっとくっついていたかったな」

「人目があるところではやめて！」

半眼で葵君を睨んだものの、葵君はどこ吹く風と笑っている。

「結月はここで何をしていたの？」

葵君に尋ねられたので、私は気を取り直し、「撫子さんを職場に送っていたの」と答えた。

歩き出した私に、葵君がついてくる。

「あ、そうなんだ。撫子、仕事が決まったんだね」

「撫子さんって、人間界で働くのが初めてなんでしょ？　大丈夫かな。少し心配」

撫子さんに『セカンドライフ』を紹介した葵君が、「大丈夫」と太鼓判を押した。

「撫子ならやれるよ。真面目だし。あっちの世界でも、働き者だったよ」

「あっちの世界……というと、狭間の世界？」

「うん。狭間の世界と人間界を行き来して、全国各地の稲荷神社へおつかいに行ってたんだ。

撫子は、蘇芳様のお気に入りだったんだよ」

「へえ～」

確かに、撫子さんは受け答えがしっかりしているし、向上心もありそうだ。

「でも、そんな子がなんで人間界に働きに来たんだろう」

「うーん、なんか、こっちで人捜しをしたいって言ってたな」

「人捜し？」

「うん。詳しい事情は聞かなかったけど」

「そうなんだ。今度会った時に聞いてみようかな。何か手伝えることがあるかもしれないし」

撫子さんについて話しながら、四条通から木屋町通へ入る。事務所を目指して北へ向かって歩いていると、若い男性に手を引かれた七歳ぐらいの女の子が目に入った。白いワンピース姿で日本人形のような髪型の可愛い子だ。けれど、しきりに男性の手を振り払おうとしている。

「あの子……なんだか様子がおかしくない？」

隣を歩く葵君に耳打ちすると、彼も頷いた。

「あいつ、なんか変だ」

私は急いで二人のもとへ駆け寄り、若い男性に向かって、あえて明るい口調で話しかけた。

「その子、迷子ですか？」

急に呼び止められて驚いたのか、男性がパッとこちらを見た。

「交番へ行くなら、私も一緒に行きましょうか？」と提案すると、男性は慌て出した。

「そ、それなら、あんたに任せるよ。俺は用事があるからちょうどよかった」と、もごもご言って、逃げるようにいなくなってしまう。

「連れ去りとかだったのかな」

「かもね。嫌な感じがしたし」

追い付いてきた葵君に答えると、彼は安堵した様子で息を吐いた。

解放された女の子が、こわごわとした目で私たちを見上げる。

「もう大丈夫だから。お母さんかお父さんはどこにいるの？」

優しく声をかけてみたものの、返事はない。

「やっぱり迷子かな？　交番に連れていくのがいいかなぁ」

葵君を振り向き、意見を聞く。すると、女の子を見つめていた葵君が、無言で彼女の肩を掴んだ。いきなり掴まれた女の子が、びくっと体を震わせる。葵君は「大丈夫だから、後ろを向いてみて」と柔らかい声で促し、女の子に背中を向けさせた。

「え……ええっ？　尻尾？」

私は目を丸くした。

ワンピースの裾から、ふさふさした白い尻尾が見えている。コスプレではなさそうだ。

「この子、もしかして霊狐なの？」

私は葵君に問いかけた。

「そうだね。でも、変化の術はうまくないみたいだ」

尻尾が生えた女の子の姿は、通行人の興味を誘ったはず。だから誘拐されそうになっていたのかもしれないと思い、ひやりとした。もしそうなら、危機一髪だった。

「君、どこの子？」

葵君が尋ねると、女の子は警戒の表情を浮かべた。

「俺もお仲間だよ」

そう言った途端、葵君の頭から、ぴょこんと三角の耳が生える。女の子の目が丸くなった。

「お兄さんも狐？」

「うん。葵っていうんだ。こっちのお姉さんは、結月。人間だよ」

「よろしくね」と笑いかけると、女の子はおずおずと頷いた。

「あなた、お名前は？」

「……山吹（やまぶき）」

「山吹ちゃんか。可愛い名前だね」

頭を撫でようとしたら、ささっと葵君の後ろに隠れてしまった。上げた手のやり場に困って、苦笑する。

私は人間だから、警戒されているのかもしれない。

「山吹。君、なんで、人間界に出てきたの？　そんな中途半端な術しか使えないのにこっちに来たら危ないよ」

葵君が山吹ちゃんの前にしゃがみ込み、視線を合わせる。

「『お歌のお姉さん』を捜しに来たの……」

山吹ちゃんは、おずおずと答えた。

「『お歌のお姉さん』？」

「……」

私の質問に黙ってしまった山吹ちゃんに、葵君が聞く。

「どうして、その人を捜しているの？」

「母様を元気づけたいから。母様、お怪我をして臥せっているの。だから……」

怪我をしているというお母さんのことを思い出したのか、山吹ちゃんの目に涙が浮かぶ。

「なんだか今ひとつ事情が呑み込めないけど……。その『お歌のお姉さん』を捜すにしても、まずは尻尾を隠そうか。山吹、手を出して」

葵君は山吹ちゃんの両手を握った。

「目を瞑って。そう。それから、尻尾を体の中にしまうイメージを持つんだ。自分は人間なんだって想像して」

葵君の言う通りに自分の姿を想像しているのか、目を瞑った山吹ちゃんが難しい顔をする。すると、尻尾がしゅるりと動き、体の中へ吸い込まれるように消えた。

「上手にできたじゃん！　すごいすごい」

葵君が手放しで褒めると、目を開けた山吹ちゃんは面はゆそうにした。いつの間にか、葵君の狐耳も消えている。

「葵君、この子、狐なら、交番には連れていけないよね」

「そうだなぁ～。とりあえず、蓮のところへ連れていこっか」

『セカンドライフ』の事務所に戻ると、一人で事務仕事をしていた九重さんは、葵君と山吹ちゃんの姿を見て目を丸くした。

「七海さん、どうしたん？　葵と途中で会うたん？　その子は？」

立ち上がろうとした九重さんの膝の上から、子狐が飛び下り、タタタッと私のもとへ駆け寄ってきた。ぴょんと飛び上がったので、抱き留める。稲荷山で出会ったこの子は、すっかり『セカンドライフ』に居着いてしまった。私が事務所にいる間は、私のそばから離れない。得意先へ行く時はさすがに連れていけないので置いていくのだけれど、私が留守だと寂しいのか、不在の時は九重さんにくっついているようだ。

「ゆきみちゃん、ただいま」

子狐に「ゆきみ」という名前を付けたのは私だ。名前の由来は、体が大福のように白いから。ちなみに、ゆきみちゃんは女の子だ。

私が山吹ちゃんの事情を話したら、九重さんは「なるほど」と頷いた。

「人を捜して人間界に出てきはったんやね。もう少し詳しく話を聞いてみよか」

応接コーナーのソファーに山吹ちゃんを座らせる。見知らぬ場所に来て警戒している山吹ちゃんを安心させるため、両隣にゆきみちゃんと葵君に座ってもらった。私は一旦その場を離れ、給湯室でお茶とお菓子を用意してから、応接コーナーに戻った。

「山吹ちゃんは、クッキー好きかな？」

彼女の前に、クッキーを載せた皿を置きながら尋ねる。山吹ちゃんはこくりと頷いた。

「よかった。じゃあ、召し上がれ」

クッキーに手を伸ばし、齧り付いた山吹ちゃんが、ぱぁっと顔を輝かせる。どうやらお口に合ったようだ。はぐはぐとクッキーを食べている山吹ちゃんに、九重さんが優しく声をかける。

「僕は九重蓮ていうねん。霊狐の味方やから、困ったことがあるなら、なんでも話してみて？」

「蓮お兄さん。あのね、母様がね、大神(おおかみ)様のおつかいの途中で、足を怪我してしまったの。わたし、母様に早くよくなってもらいたくて、『お歌のお姉さん』を捜しているの」

お菓子を食べて緊張が解けたのか、山吹ちゃんが話し始めた。

「大神様のおつかい、というと、山吹ちゃんのお母さんは、稲荷山の霊狐やろか。葵、心当たりある？」

九重さんに尋ねられ、葵君は首を横に振った。

「俺、稲荷山を離れて長いから、最近のことは、よくわかんないや」

「そうか」

あまり期待していなかったのか、九重さんはあっさりと頷いた。そして山吹ちゃんに向き直り、さらに質問をする。

「山吹ちゃんのお母さんはなんていう名前なん？　山吹ちゃんはお母さんと一緒に、稲荷山に住んでるん？」

「母様の名前は辰(たつ)っていうの。おうちは、お山じゃない」

山吹ちゃんの答えを聞いて、九重さんは顎に指を当てた。

「稲荷山には住んでいない、辰さんか。……そやったら、たぶん、あそこかな」

どうやら心当たりがあるようだ。

「山吹ちゃんがどこから来たかわかるんですか？」

「たぶん、御辰稲荷神社(おたついなりじんじゃ)やないかな」

「おたついなり神社？」

聞いたことのない神社だったので、私は首を傾げた。

「聖護院にある小さな神社やで。通りの名前でいうと、丸太町通と東大路通が交差したあたり」

九重さんはそう言いながら、御辰稲荷神社の漢字も教えてくれる。

平安神宮の裏手ぐらいかな？　場所の見当を付けながら、再び九重さんに聞く。

「御辰稲荷神社というぐらいだから、山吹ちゃんのお母さんの辰さんと、何か関係があるんですか？　辰さんが祀られているとか？」

「御辰稲荷神社の御祭神は、宇迦之御魂大神と、猿田彦神と、天宇受売神やね。あそこには江戸時代に、東山天皇の典侍だった新崇賢門院ていう人の夢に白狐が現れて、『禁裏御所の辰の方角に森があります。そこに私を祀るように』と告げた、ていう話がある。それで、御所の辰の方角にある森にお社を建てたっていうのが、御辰稲荷神社の始まりやと言われてるねん」

「その白狐が、山吹ちゃんのお母さんの辰さんかもしれないんですね」

私は九重さんの説明に「なるほど」と手を打った。

「辰さんと『お歌のお姉さん』は、どういう関係なんでしょう？」

「これじゃない？」

スマホをいじっていた葵君が、液晶画面を私たちのほうへ差し出した。覗き込むと、京都のローカルテレビ局の番組ホームページが表示されている。

「『秘密の京都探訪』……？」

「この番組、僕も時々見てるわ。京都のグルメや観光スポットを紹介する番組やね。京都にゆかりのある人が、毎回ゲスト出演しはるねん」

私は見たことがなかったので首を傾げる。葵君が液晶画面を拡大した。

「ほら、御辰稲荷神社の回があるだろ？　この時のゲスト、歌手をやってる声優の人だって」

過去放送回の一覧の中に、紹介された施設とゲスト名が記されている。「御辰稲荷神社」という文字の横に「ゲスト【声優・歌手】此花まりな（京都市出身）」と書かれていた。

「ほんとだ！　よく見つけたね、葵君！」

こんな細かい情報をいつの間に見つけたのかと思って感心する。

「御辰稲荷神社の名前と歌手で検索をかけたらヒットしたよ」

葵君は得意げに胸を張った。

「山吹。捜している『お歌のお姉さん』って、この人で合ってる？」

葵君が此花まりなさんの写真を山吹ちゃんに見せる。山吹ちゃんは目を輝かせて、頷いた。

「うん！　このお姉さん！」

　捜し人はわかったけれど、相手は芸能人。どこに行けば会えるんだろう。というか、一般人が芸能人に会えるものなのかな……。

「まりなさんってどこに行けば会えるんだろう。というか、一般人が芸能人に会えるものなのかな……」

　私が悩んでいると、九重さんと葵君が顔を見合わせ、にやりと笑った。

「此花まりなさんのことやったら、よく知ってる人がいはる」

「そうそう。あの人に聞けば、なんでもわかるんじゃない？」

　面白そうに笑う二人を見て、私は首を傾げた。


　此花まりなさんに詳しいという人に会うために、私と九重さん、葵君、山吹ちゃんは、四条河原町へ向かった。ゆきみちゃんは、九重さんの腕に大人しく抱かれている。

「所長。事務所閉めちゃいましたけど、よかったんでしょうか」

　二人とも外出することになるので、事務所に鍵をかけてきた。急な来客や電話がかかってこないかと心配していると、九重さんは「大丈夫」と微笑んだ。

「今日は面談の予約も入ってなかったし、急用なら、僕の携帯に電話があると思う。それに、困ってる狐を助けるのが、僕の仕事やから」

「霊狐にお仕事を紹介するだけじゃないんですか？」

「僕の仕事は、それだけやないねん。狐に関すること全般……山吹ちゃんみたいに困っている狐がいれば手助けしてあげるのも、僕の大事な役割や」

てっきり、人間界で霊狐が暮らしていく経済的サポートが仕事だと思っていたら、よろずお助け相談のようなこともしていると聞いて驚いた。

「あっ、もしかして、前に葵君に言っていた『僕の手伝いをしよし』っていうのは、こういう時のためだったんですか？」

山吹ちゃんの手を引いて歩く葵君の背中に目を向けながら聞くと、九重さんから「そうやで」という肯定が返ってきた。

「山吹は人間界の食べ物で何か好きなものある？」

「おいなりさん！」

「いいねー。俺もおいなりさん好き。俺たち、好みが合うね。山吹は俺のこと好き？」

「好きー！」

いつの間にそんなに仲良くなったのかと思うほど、山吹ちゃんは葵君に懐いている。葵君のたらし属性は、狐同士でも有効なようだ。

「あ、ここだよ」

四条河原町まで来ると、葵君が一軒のおしゃれな眼鏡店の前で足を止めた。

葵君と山吹ちゃんが先に店内に入り、私と九重さんも後に続く。すると、すらりと背が高く、優しげな面立ちをした青年に「いらっしゃいませ」と声をかけられた。スラックスにベストというかっちりとした服装をしていて、ウェリントンの眼鏡をかけている。彼は私の隣に立つ九重さんに目を向け、微笑んだ。

「いらっしゃいませ。所長。今日はどうしたのですか？」

思わず「えっ」と言って九重さんを見る。

「七海さん。彼は、うちの登録スタッフの常盤さん。常盤さんも霊狐やで。この眼鏡店で働いてはるねん」

私は慌てて常盤さんに向き直ると、お辞儀をした。

「先日から『セカンドライフ』で働き始めた七海結月です！　ご挨拶が遅れましてすみません」

「『セカンドライフ』の新しい従業員さんだったんですね。所長が珍しく可愛らしいお嬢さんをお連れなので、どなたかな～と思いました」

常盤さんは、悪戯っぽいまなざしで私と九重さんの顔を交互に見た。一体、どういう風に勘違いされたのだろうと、頬が熱くなる。

「常盤、お疲れ～」

「葵君のほうも可愛いお嬢さんをお連れですね。所長と一緒にダブルデートですか？」

微笑んだ常盤さんに、葵君が「この子、山吹っていうんだ。俺の恋人。可愛いだろ～」と、自慢げに紹介している。

「……っていうのは冗談で、常盤に聞きたいことがあって来たんだ」

「聞きたいこととは？」

「此花まりなって子に会いたいんだけど、どこに行ったら会えるかなって」

葵君が此花まりなさんの名前を出した途端、

「此花まりなさんですって！」

常盤さんの穏やかな態度が一変した。

「人類の至高(しこう)の存在であり究極の美の化身である我が天使、此花まりなさんに、会いたいと言うのですか⁉」

人類の至高の存在？

常盤さんから飛び出した賛辞の言葉に驚いて、私がぽかんと口を開けていると、九重さんが隣で小さく苦笑した。

「いつもながら、常盤さんはブレへんなぁ」

葵君の肩を掴み、常盤さんが身を乗り出す。

「ようやくあなたにも此花まりなさんの魅力が伝わったのですね！　あんなに、あんっなに布教しても興味を持ってくれなかったのに、ついに！　羽ばたく蝶（ちょう）のように艶（あで）やかでありながらも、雪原に立つ鶴（つる）のように清らか、子兎（こうさぎ）のように愛らしく、鶯（うぐいす）のような声を持つ此花まりなさんに会いたいと！」

「う、うん、そう」

たじろぎつつ、葵君が頷く。葵君と手を繋いでいる山吹ちゃんはすっかりおびえて、背中に隠れてしまっている。

「店長！」

常盤さんはくるっと背中を向けると、カウンターの中にいる初老の男性のもとへ向かった。

「休憩をいただいてもよろしいですか。僕は行かねばなりません」

男性は腕時計を確認し、頷いた。

「かまいませんよ。休憩はまだでしたしね」

常盤さんの変貌ぶりは、あまり気にしていないようだ。

「ありがとうございます。——では、行きましょう、葵君！」

常盤さんは葵君の腕を掴むと、店の外へ引っ張っていった。

私たちは、眼鏡店の近くにあるファストフード店でテイクアウトをすると、鴨川へ向かった。

河川敷に腰を下ろし、ハンバーガーを食べながら、常盤さんに此花まりなさんについて、話を聞く。

「まりなさんは、人気急上昇中の若手女性声優なんですよ。人気アニメにも多数出演していて、演技派として評価されています。最近は歌手活動にも力を入れていて、CDやダウンロード配信の売り上げもいいんですよ」

「へえ～」

常盤さんは此花まりなさんのファンクラブに入っていて、熱烈に応援しているのだそうだ。

「常盤とは、寮で一緒に暮らしてるんだけどさ、此花まりなが出演しているアニメのDVDやCDを大量に持っているんだ。それが共有スペースのリビングにまで溢れていて……自分の部屋にしまってほしいんだけど……」

呆れ気味の葵君に向かって、常盤さんが胸を張る。

「リビングにあるのは布教用です。いつでも興味を持ってもらえるように、置いているのです」

「それで、常盤さん。事情は話した通りなんやけど、僕らが此花まりなさんに会うことは可能やろか？」

山吹ちゃんが『お歌のお姉さん』である此花まりなさんを捜しているという話をすると、常盤さんは目を輝かせた。

「それなら、皆さんも明日のイベントに来ますか？　明日と明後日は、ＫＯＴＯ（こと）メッセで『さくら爛漫（らんまん）アニメ・マンガフェスタ』というイベントが開催されるんです。まりなさんはそのイベントで、ミニライブを行う予定なんですよ」

「ライブがあるんですね。しかも明日なんてラッキーです！」

タイミングがいい話に、私は声を弾ませた。

「明日のイベントは入場料が有料ですが、ライブ自体は無料なんです。ただ、まりなさんは人気声優ですから、たくさんのファンが見に来ると思います。朝から一人一枚ずつ整理券が配られますので、天使の歌声を聞くためには、それを手に入れなければなりません」

常盤さんが、険しい顔をして両手をぐっと握り締める。なんとしても整理券を手に入れるという気合いを感じる。

「整理券配布は何時からなんですか？」

九重さんが確認すると、常盤さんから「九時です」との答えが返ってくる。

「ほな、明日は、余裕を持って八時半に集まろか」

「皆で整理券ゲットだー！」

葵君がこぶしを突き上げると、私の傍らでゆきみちゃんも「頑張るぞー！」と言うように、「コンコンッ！」と鳴いた。

＊

翌朝、私と九重さんは三条駅(さんじょうえき)で待ち合わせをし、連れ立ってKOTOメッセへ向かった。

KOTOメッセは平安神宮の近くにあるイベント会場で、年間を通して、様々なイベントや展示会などが開催されている。

今日の私は背中にリュックを担(かつ)いでいる。パッと見はただのアウトドアブランドのリュックだけれど、上半分がメッシュになっているペット用のものだ。ゆきみちゃんは、大人しくリュックの中に収まっている。

八時半少し前にKOTOメッセに着くと、既にたくさんの人が列を作っていた。

「これ全部、整理券狙いの人？」

目を丸くしていると、葵君と常盤さん、山吹ちゃんがやって来た。昨日、山吹ちゃんには、一旦お社に戻るように言ったのだけど、葵君に懐いて離れず、結局寮に泊まることになった。

「おはよう！　結月」

葵君と常盤さんに、私たちも「おはようございます」と挨拶を返す。

「おはようございます、所長」

「山吹ちゃん。昨日はよく眠れた？」

葵君と手を繋いでいる山吹ちゃんに声をかける。

「山吹は昨日、俺と一緒に寝たんだよね」

葵君に頭を撫でられ、山吹ちゃんは恥ずかしそうに頷いた。懐きっぷりがすごい。

「ラブラブだね」

「ラブラブだよ」

私の言い様に、葵君が笑った。

「常盤さん、整理券の列はここでいいんやろか？」

九重さんが移動しながら常盤さんに尋ねている。常盤さんが列整理を行っていたスタッフに確認すると、やはりこの列が整理券配布の列だったので、私たちは、皆で最後尾に並んだ。

そして、待つこと三十分。

私たちは無事に、此花まりなさんのミニライブの整理券を手に入れた。

「ライブは十五時開始ですね」

　整理券に印字されている時刻を確認する。

「『さくら爛漫アニメ・マンガフェスタ』の開場時間が十時ですから、それまで時間を潰しましょうか。開場したらイベントを見学しましょう」

　常盤さんの提案に、皆一様に頷く。

　ＫＯＴＯメッセの近くに広場があったので、開場時間まで、そこで待つことにした。かなり散ってしまっているけれど、広場には桜が咲いていた。

「ゆきみちゃん、窮屈（きゅうくつ）だったでしょ。ごめんね」

　リュックを下ろし、ゆきみちゃんを外に出す。芝生（しばふ）の上を駆け出したゆきみちゃんの後を、山吹ちゃんが追いかけた。そこへ葵君も加わる。駆け回っている三人の楽しそうな笑い声を聞きながら、私と九重さんと常盤さんはベンチに座った。

　仲間の霊狐たちを見つめる常盤さんのまなざしは優しい。整った横顔は、九重さんとはまた違う、落ち着いた大人の男性の魅力に溢れている。

　そういえば、常盤さんが、まりなさんのファンになったきっかけってどんなことなのかな？

　気になって、私は常盤さんに尋ねてみた。

「常盤さん。常盤さんはどうしてまりなさんを好きになったんですか？」

すると、常盤さんは、ぎゅんっと音がしそうな勢いで私を振り向いた。

「七海さん！　七海さんも、僕の大天使に興味を持ってくださったのですね！」

「え、ええ、まあ……」

がしっと両手を掴まれ、私は引きつった笑みを浮かべる。

「まりなさんはこの世の至宝。美の化身。迦陵頻伽（かりょうびんが）の生まれ変わりです！」

「はいっ！　それは充分承知しておりますっ！」

常盤さんの勢いに押されてたじろぐ。

九重さんが私の肩を引き寄せ、常盤さんの手を外してくれる。かばってくれただけだと思うけれど、ドキッとしてしまった。

「常盤さん、あんまり身を乗り出すと、七海さんがびっくりしはります」

九重さんに注意されて、常盤さんが我に返ったようだ。恥ずかしそうに頭を掻き、「すみません」と謝った。

「まりなさんの名前を聞くと、つい夢中になってしまうのです」

「それで、常盤さんがまりなさんのファンになったきっかけは？」

九重さんの質問に、常盤さんは「ああ、その話でしたね」と手を打った。

「アニメの番宣用の動画を撮るために、まりなさんが伏見稲荷大社に来たことがありまして、その時、たまたま姿を見かけたのです。目が合ったので会釈をすると、彼女も会釈を返してくれました。まさに、天女の微笑みで、その瞬間、僕は雷に打たれたかと思ったんです」

その時のことを思い出したのか、常盤さんはうっとりとした表情を浮かべた。

「射干玉の黒髪に愛らしいかんばせ。小鳥がさえずるような綺麗な声。大きな澄んだ瞳で見つめられると、僕の胸はときめきでいっぱいになり、心は天に昇り、至上の幸福を感じます。彼女以上に僕の心を捉える人は、狐生で、もう二度と現れないでしょう……」

「つまり、一目惚れをしたと」

長々とした賛辞の言葉を、九重さんがずばっとまとめた。

「所長、今度CDを貸しますから、ぜひまりなさんの歌を聞いてください。すごくいいので、所長も絶対、夢中になります！　あ、なんならアニメDVDを貸します。写真集もありますので、今度一緒に見ましょう！」

「ふふっ、遠慮します」

いい笑顔で断った九重さんを見て、私は「あはは……」と苦笑した。

常盤さんががっくりと肩を落としている。

私は九重さんの横顔を見つめた。間近で見ると、睫毛が長いことがよくわかる。顔のあらゆるパーツが、綺麗な輪郭の中に完璧な配置で収まっていて、この人こそ天女なのではないかと思ってしまう。

私の視線に気が付いたのか、九重さんがこちらを見た。

「どうかしたん？　七海さん」

「あっ、えっ、うっ……」

そういえば、まだ肩を抱かれたままだった。顔を覗き込まれて、私の口から意味不明な言葉が漏れる。

慌てている私が面白かったのか、九重さんが噴き出した。私の肩から手を離し、口元を押さえて笑っている。

「かんにん。七海さんの反応が可愛らしくて」

「所長！」

からかわれた？　私はドキドキしたのに！

憤慨して頬を膨らませていたら、追いかけっこをしていたゆきみちゃんが駆け寄ってきて、私の膝の上に飛び乗った。

「ゆきみちゃん、いっぱい遊んできた？」

前脚に土が付いていたので軽く払ってやる。山吹ちゃんの手を引いて、葵君も戻ってくる。

「常盤、そろそろ開場の時間じゃない？」

常盤さんが腕時計に目を向けて、「そうですね」と頷いた。

「ほな、行こか」

九重さんが立ち上がり、私は慌ててゆきみちゃんをリュックに入れると、背中に担いだ。

再び、皆でＫＯＴＯメッセへ向かう。入場は既に始まっていて、私たちは人の流れに乗って会場へ入った。

ＫＯＴＯメッセの中は、いくつかの展示場に分かれている。今回は、一階と三階の展示場が使われているらしい。

まず、一階の展示場に入った私たちは、立ち並ぶ企業ブースに「おお～！」と、声を上げた。

「アニメイベントってこんな感じなんですね！」

人気アニメのイラストパネルで囲まれたブースや、キャラクターの等身大パネルが飾られたブース、プロモーション映像が流されているブースなど、様々だ。グッズを販売しているブースもある。

常盤さんが嬉しそうに、美少女アイドルアニメの宣伝をしているブースを指差した。

「あのアニメに、まりなさんも出演されているのですよ」

「へえ～！　そうなんですね。見に行きますか？」

「もちろん」

常盤さんが幸せそうに笑う。

本当にまりなさんの大ファンなんだなぁ。すごくいい笑顔。推しがいるっていいな。

嬉しそうにブースに向かう常盤さんの背中を見て、そう思う。

会場は半分に仕切られていて、一部がイベントスペースになっていた。今はトークイベント中なのか、壇上に、男性声優二人と、進行役の女性が一人立っている。彼らが何か話をするたびに黄色い歓声が上がるので、女性に人気の声優のようだ。

十五時になったら、あそこでまりなさんのライブが行われるのだろう。

「七海さん、僕らも会場を見学しよか」

九重さんに促され、私は視線を戻すと、「はいっ」と元気よく返事をした。

イベント会場を見学したり、コラボカフェでご飯を食べたりしている間に、十五時前になった。

わくわくしながらステージへ向かう。整理券番号順に案内され、私たちはちょうど真ん中あたりの席だった。

十五時きっかりに、若い女性が壇上に現れた。長い黒髪に、華奢な体、ぱっちりとした目元が可愛らしい。顔が小さくて、妖精のような人だ。

「あの人が此花まりなさんですか？」

隣に座る常盤さんに小声で聞くと、彼は既にまりなさんに夢中だった。

「ああ、今日も素敵だ……眼福だ……」

「はい、わかりました。あの人がまりなさんですね」

一人で納得している私を見て、反対隣に座る九重さんが、噴き出しそうになるのを堪えている。

「こんにちはー！　今日は来てくれてありがとう！　楽しんでいってね！」

まりなさんの元気な挨拶と共に、音楽が流れ出した。弾んだ歌声が響く。

「山吹。お歌を歌ってくれたお姉さんはあの人で間違いない？」

葵君の問いかけに、山吹ちゃんが頬を紅潮させて頷いた。

「うんっ！　あの人が、母様のお社でお歌を歌ってくれたの！　すごく綺麗な歌声だったから、母様、とっても喜んで、一緒にお琴を演奏したんだよ」

「琴……？」

九重さんがはっとした表情を浮かべた。

「なるほど。わかったで。まりなさんと辰さんは、合奏したんやな」

「合奏？」

「御辰稲荷神社の御辰狐は、琴の上手な『風流狐』って言われてるねん」

首を傾げた私に、九重さんがそう教えてくれる。

「『お歌のお姉さん』がお社に来て歌ってくれたら、母様、きっと元気になる」

今にもステージにいるまりなさんに頼みに行きそうな山吹ちゃんを、葵君が押しとどめている。

「俺たちが後で頼んであげるね」

「けど、問題は、どうやってまりなさんに御辰稲荷神社に来てもらうか、や」

「声優さんですもんね……」

私と九重さんが考え込んでいると、まりなさんに夢中だった常盤さんがこちらを見た。

「それなら、たぶん大丈夫だと思いますよ。彼女は優しい人なので、頼めばきっと一緒に行ってくれます」

あっさりとそう言われ、私は首を傾げる。

「でも、彼女、人気声優さんですよ？　そんな簡単に一緒に行ってくれますか？」

「大丈夫です」

私の疑問に、常盤さんは自信たっぷりに頷いた。

ライブが終わると、私たちは一旦会場の外に出た。ロビーの椅子に座り、休憩をとる。

「『お歌のお姉さん』、とってもとってもお歌が上手だったね」

興奮している山吹ちゃんに、葵君が「そうだね」と相槌を打っている。

常盤さんは先ほどからスマホのメッセージアプリで、どこかに連絡しているようだ。

誰に連絡しているのかな？

私の視線に気が付いて、常盤さんはこちらを見ると片目を瞑った。

「しばらく待っていてください」

まさか、ここにまりなさんが来てくれるの？　一ファンの呼び出しに、声優が応じてくれるとは思えないけど。そもそも、なんで彼女の連絡先を知っているのか。

しばらくすると、デニムにTシャツというラフな格好で、帽子とサングラスとマスクで顔を隠した女性が現れた。私たちのそばまで来た彼女は、軽くサングラスを下げて、にこっと笑った。

「常盤さん、お待たせ」

「こ、此花まり――」

彼女の名前を叫びそうになった私の口を、九重さんが素早く手で塞いだ。

「今日もライブに来てくれたの？　まりな、嬉しい！」

まりなさんが、ベンチに座る常盤さんの首に抱きついた。常盤さんが優しく彼女の腕に触れる。

「もちろん。あなたがステージに立つなら、必ず見に来ますよ」

「ありがとう、常盤さん」

まりなさんは常盤さんから離れると、そばでぽかんとしていた私たちを振り返った。

「この方たちがメッセージに書いてあった、私に頼みごとがある方たち？　こんにちは、此花まりなです」

小声でそう言ってマスクとサングラスを取った女性は、確かに、先ほどまでステージで歌っていたまりなさんに間違いない。

「あ！『お歌のお姉さん』だ！」

山吹ちゃんが弾んだ声を上げる。

「ど、どうして？」

「あなたは常盤さんと知り合いなのですか？」

「ほんとに来た。すげー！」

目を丸くしている私と九重さん、葵君を見て、まりなさんもびっくりした顔で常盤さんを振り向いた。

「常盤さん、言っていないの？」

「ふふっ。驚かせようと思いまして。――実は僕は、まりなさんと交際しているのです」

常盤さんの爆弾（ばくだん）発言に、私たちは一斉に大声を上げた。

「えぇっ！　ど、どういうことですか？」

「マジか！」

「それはまた……」

先ほどまで、一ファンのようにまりなさんを語っていたのに、親密な仲だったことに仰天（ぎょうてん）した。

私たちの騒ぎ声がうるさかったのか、イベント帰りの人々の視線が集まる。まりなさんは素早くマスクとサングラスを着け直し、常盤さんの腕を引いた。

「ここだと目立つから、移動しよう」

「そうですね」

私たちはこそこそしながらＫＯＴＯメッセを出た。

朝、時間を潰していた広場へ移動する。適当な場所で立ち止まると、九重さんがまりなさんを振り返り、自己紹介をする。

「僕は人材派遣会社を経営している九重蓮といいます。常盤さんは、うちに登録してくれてはるスタッフさんです。そして、こちらの女性が……」

九重さんに促され、私も慌てて頭を下げた。

「従業員の七海結月です。よろしくお願いします。こっちにいるのは同じく従業員の葵君で、この子は山吹ちゃん。それから……」

言葉を区切った私は、背中を見せて、「この子がゆきみちゃんです」と紹介する。まりなさんがゆきみちゃんを見て、「きゃあ、可愛い！」と黄色い声を上げた。

「それで、まりなさんと常盤さんは、どういう経緯で知り合ったんですか？」

気になっていたことを尋ねたら、まりなさんはベンチに腰を下ろし、常盤さんとの馴れ初めを語り始めた。

「常盤さん、私が粘着質なファンにストーカーされていた時、偶然通りかかって助けてくれたの。関西でのイベントには必ず来てくれていたから、前から、素敵な人だなぁって顔を覚えていたんだ。私から告白して、付き合うようになったんだよ」

まりなさんは、可憐な外見からは意外に思えるほど、サバサバとした気さくな口調で話した。

「そうなんですか？　常盤さん」

驚きながら常盤さんに目を向ける。

「はい、そうなんです」

常盤さんは幸せそうに微笑んだ。

「声優さんって、恋愛しても大丈夫なんですか？」

「うちの事務所はそういうの寛容なの。同じ事務所の子には、結婚している子もいるしね」

まりなさんに問いかけたら、またしても、サバサバした答えが返ってくる。

「まだファンに公表していないから、今のところは隠れて付き合ってるんだけどね」

「へええ……」

常盤さんの熱烈な愛が通じたということなのだろうか。大好きな推しと付き合えるなんてすごい。

でも、常盤さんも霊狐なんだよね？　人間と霊狐って結婚できるのかな？

昔話には種族の違う者同士の異類婚姻譚もあるけれど、実際のところはどうなのだろう。

不思議に思っていると、九重さんが耳元で囁いた。

「霊狐と人間が付き合ってることが気になるん？」

「あっ、はい。種族が違うわけだから、障害とかないのかなって」

常盤さんとまりなさんに気を遣って、私も小声で返す。

「一番の問題は、寿命やね。霊狐は長寿やから、どうしても人間のほうが先に死んでしまう。必ず別れが来るねん」

九重さんは、「これから時間はありますか？」「大丈夫。常盤さんのためなら、どこでも行くよ」と話し合っている二人に聞こえないように、私に耳打ちをした。

寿命が違う……。それって、つらいんじゃないのかな……。

切ない気持ちになり、しゅんとしていると、九重さんが私の肩を叩いた。

「今は、山吹ちゃんの件や」

そうだった。今日の目的は、まりなさんに山吹ちゃんのお願いを伝えること。

私は気持ちを切り替え、彼女に声をかけた。

「まりなさん、お聞きしたいことがあるんですが、以前、御辰稲荷神社で歌を歌いませんでしたか？」

「おたついなり神社？」

首を傾げたまりなさんに、九重さんが私の言葉を補足してくれる。

「聖護院の稲荷神社です。『秘密の京都探訪』で訪れてはったと思うんやけど」

まりなさんは「ああ！」と手を打った。

「お琴の上手な狐の伝説があるところね。『秘密の京都探訪』のロケで行ったわ！　芸事の神様だって聞いたから、私も『もっと歌が上手になりますように』って、願をかけて歌ったのよ。そうしたらね、本当にお琴の音が聞こえてきたの！　私、感動して、身震いしちゃった」

「それは、母様のお琴。母様、お姉さんのお歌が気に入って、一緒に演奏をしたの」

「あれってあなたのお母さんのお琴だったんだ。もしかして、あなたは霊狐の可愛い子狐さん？」

山吹ちゃんにまりなさんが笑いかける。

「えっ？　まりなさん、霊狐のことを知ってるんですか？」

驚いた私を見て、まりなさんは、悪戯っぽく目を細めた。

「齢を重ねて霊力を持った狐のことでしょ？　常盤さんもそうなんだよね？」

「知ってはったなんて、意外やわ。常盤さんが話さはったん？」

九重さんに尋ねられ、常盤さんが頭を掻く。

「成り行きで正体を見せてしまいまして」

「私がストーカーに襲われそうになった時、常盤さんが狐に変身して、相手に噛みついたんだよ。私、すごくびっくりしたけど、真っ白の綺麗な狐に助けられたことに感動しちゃって」

まりなさんは常盤さんの雄姿(ゆうし)を思い出しているのか、両手を組んで目を輝かせている。

「世の中には、私が知らない世界がまだまだあるんだなって思った」

きっと柔軟な性格なのだろう。懐(ふところ)の深い彼女に、私は好感を持った。

「お姉さん、もう一度、母様にお歌を歌ってほしいの。母様、今、お怪我をして臥せっているの。元気づけたいから……」

山吹ちゃんのお願いに、まりなさんは一切の躊躇(ちゅうちょ)なく頷いた。

「いいよ」

「それなら、さっそく行こか。御辰稲荷神社はすぐそこや」

「はいっ！」

歩き出した九重さんと肩を並べる。

「行きましょう、まりなさん」

「うん、わかった」

常盤さんが差し出した手を、まりなさんが握る。

「山吹、よかったね。まりなさん、行ってくれるって」

「母様、きっと喜ぶ」

葵君と山吹ちゃんも手を繋いでついてくる。

私たちは広場を抜けると、御辰稲荷神社へ向かった。

御辰稲荷神社は、平安神宮の裏手に位置していた。

丸太町通を渡って、鳥居の前まで行くと、そばに『御辰稲荷神社』と書かれた石碑が建っていた。参拝時間が終わっているのか、門は閉まっている。外から見ただけでも、境内が狭いことがわかる。

「ここよりもう少し北に『聖護院門跡（しょうごいんもんぜき）』ってお寺があるねん。このあたりが聖護院て呼ばれている由来やね。明治の頃までは『聖護院の森』という森が広がっていたんやって」

九重さんの説明に「そうなんですね」と相槌を打つ。

「そうそう。ここの神社だった」

まりなさんが鳥居から中を覗き込み、明るい声を上げた。

「閉まってるから、勝手に入ったら怒られちゃいますよね……」

どうしましょうと私が九重さんを見上げたら、山吹ちゃんが門に手をかざした。すると、不思議なことに、門はひとりでに開き、山吹ちゃんは境内へ駆け込んでいった。九重さんがその後に続き、まりなさんと手を繋いだ常盤さん、葵君も中へ入る。取り残されそうになった私は、慌てて皆の後を追った。

境内に入った途端、表通りを走る車の音が全く聞こえなくなった。まるで、外界と遮断された世界に入り込んだかのように感じる。境内はやはり狭かったけれど、本殿は立派だ。

私たちは本殿の前に立つと、作法に則り参拝をした。

山吹ちゃんの姿はいつの間にか消えていて、どこに行ってしまったのだろうときょろきょろしていたら、九重さんが私の耳元で囁いた。

「たぶん、お母さんのところへ戻らはったんやろ」

「辰さんのところへ？」

頷いた後、九重さんはまりなさんを振り返り、お願いした。

「まりなさん。歌ってくれはるやろか？」

「いいよ。歌うね。なんでもいいのかな。今日、歌ったばかりの新曲でもいい？」

「たぶん、あなたの歌やったら、なんでも喜んでくれはると思う」

九重さんが太鼓判を押す。

まりなさんは本殿へ向き直ると、すうっと息を吸い、歌い出した。今日、ステージで歌っていたポップな恋の曲だ。

思わずステップを踏みたくなるような楽しいメロディーに、私は耳を傾けた。

高く、綺麗なまりなさんの声は、まさに天使の歌声と呼ぶのにふさわしい。

皆が彼女の歌に聞き惚れていると、ぽうっと本殿の中に明かりが灯（とも）り、着物姿の女性が姿を現した。日本髪を結った女性のそばには、山吹ちゃんが寄り添っている。

二人は静かに私たちに近付いてくると、正座をした。まりなさんの歌を全身で感じるように、目を閉じている。

まりなさんが歌い終わると、女性は目を開けて、優雅な仕草でお辞儀をした。

「この方が、前に私が歌った時、お琴を合わせてくれた狐さんなんだね」

まりなさんが感動したように辰さんを見つめている。

「このたびは、山吹がご迷惑をおかけしたようで、申し訳ございませんでした」

「あなたが辰さんやね。初めまして。九重蓮です。昨夜はお嬢さんをお預かりするのに口伝（くちづ）ての連絡になってしまってすみませんでした」

そつのない九重さんは、山吹ちゃんが『セカンドライフ』の寮に泊まることを、きちんと辰さんに連絡していたようだ。九重さんの挨拶に、辰さんは笑みを返した。

「いいえ。山吹も楽しかったようです。ありがとうございます、九重蓮さん——九尾のお方」

辰さんの言葉に、私は首を傾げた。

きゅうび？

そういえば、この間、稲荷山に行った時、蘇芳さんも同じ言葉を口にしていたような……。

きゅうびきゅうびと考えて、「九つの尾」という漢字が思い浮かんだ。何か意味のある言葉なのだろうか。

「山吹ちゃんから、あなたが怪我をしてはるって聞いたんやけど、どうしはったんですか？」

九重さんの問いかけにはっとして、私は辰さんの体に視線を走らせた。よく見ると、辰さんは、右足を少し斜めにずらして正座をしている。

「お察しの通り、右足を痛めております。恥ずかしながら、大神様のおつかいに向かった時、日本刀を持った少女に襲われ、負傷してしまいました」

物騒な答えに、私たちは目を見開いた。

九重さんが顔をしかめる。

「日本刀やて？」

「はい。私に『葛葉という狐を知っているか』と尋ね、私が『知らない』と答えると、斬りかかってきました」

「なんだよ、それ。めちゃくちゃだな……！」

葵君が憤慨している。

「その話、後でもう少し詳しく聞かせてくれはりませんか？」

九重さんが頼むと、辰さんは「かまいません」と頷いた。

「ねえ、母様。わたし、お姉さんのお歌と一緒に、母様のお琴が聞きたい」

辰さんのそばに座っていた山吹ちゃんがせがむ。辰さんは困った顔をして、娘を見下ろした。

「まあ、この子はわがままを言って……」

「私も、またあなたの演奏と一緒に歌いたいです！　よろしければ、ぜひ！」

まりなさんが辰さんに頷いてみせる。辰さんが嬉しそうに微笑んだ。

「ではお言葉に甘えて、一曲、歌っていただけますでしょうか」

「はい！」

まりなさんが朗らかに返事をする。辰さんが、ふわりと宙に手を上げた。くるっと手首を回した途端、辰さんの体の前に、どこからともなく琴が現れた。

不思議な現象を目の当たりにして、私は息を呑んだ。

「では、お願いいたします」

「お任せを！」

まりなさんが足でリズムを取る。すうっと息を吸い、再び、先ほどの歌を歌い出した。辰さんが琴に手を置き、ぽろん、と弦を弾いた。まりなさんの歌に合わせて、爪弾き始める。

これってきっと即興だよね。すごい。さすが『風流狐』。

不思議と、ポップな歌と琴の音はマッチして、耳に心地よく響いてくる。

ふと九重さんを見ると、彼は目を閉じて歌と琴の音に身を委ねていた。

綺麗な横顔……。

九重さんの人間離れした美しい顔に、私は見惚れてしまった。

曲が終わると、まりなさんは胸に手を当て、片膝を軽く折ってお辞儀をした。常盤さんと葵君がパチパチと手を叩いている。私と九重さんも拍手をすると、まりなさんは照れくさそうに鼻を掻いた。

「素晴らしい歌をありがとうございました。楽しい時間を過ごせました」

弦から指を離した辰さんは、まりなさんを見つめ、にこりと微笑んだ。

「足を痛めて、少々気落ちしていたのですが、あなたの歌に癒やされました」

「満足していただけたなら、よかったです。私もとっても楽しかったです！　——私、もともと歌手志望で芸能界に入ったんです。声優の仕事は大好きだけど、もっともっと歌も頑張りたい。今日、あなたのおかげで、その気持ちを新たにしました」

まりなさんの満面に浮かべた笑みが眩しい。

ああ、この人は、本当に歌うことが好きなんだなぁ。

「山吹も、お礼を言いなさい」

辰さんが、興奮で頬を赤くし、演奏を聞いていた山吹ちゃんの背を軽く押した。山吹ちゃんが深々と頭を下げる。

「お姉さん。お歌を歌ってくれて、ありがとうございました。それから結月お姉さん、蓮お兄さん、葵お兄さん、わたしと一緒に『お歌のお姉さん』を捜してくれてありがとう。常盤お兄さんもありがとう」

嬉しそうに笑顔を向けてくれた山吹ちゃんが可愛くて、胸がキュンとする。

「襲われた時の話は、また日を改めてもいいでしょうか。山吹が疲れているようですので」

確かに、山吹ちゃんは目をこすり、眠そうにしている。今日は朝早くから活動していたし、人間界で『お歌のお姉さん』を捜すという大冒険をして、疲れたのかもしれない。

「わかりました。僕は一之船入で人材派遣会社『セカンドライフ』を営んでいます。近いうちに来てくれはりますか？」

「足の怪我が治りましたら、必ず伺います」

辰さんは頷いた。

「それでは、失礼いたします。今宵はありがとうございました」

「バイバイ！　お姉さんと、お兄さんたち！　葵お兄さん、また遊んでね！」

その言葉を最後に、辰さんと山吹ちゃんの姿が掻き消えた。琴も二人と一緒に消えている。

私は、一連の出来事に感動しながら、はぁと息を吐いた。

霊狐と人間の合奏なんて、そうそう聞けるものではない。

「まりなさん、素晴らしかったです。さすが、僕の天使です」

常盤さんがまりなさんの手を握り、絶賛すると、まりなさんは「ありがとう、そう言ってくれる常盤さんが大好き」と常盤さんにぎゅっと抱きついた。

仲睦まじい二人の様子に、私と九重さんは顔を見合わせて笑った。

常盤さんとまりなさんって、お互いのことを想い合っていて、本当に素敵な関係だな。

私たちがいなければキスでもしてしまいそうな常盤さんとまりなさんを見ながら、内心で羨ましく思う。

ふと、かつての恋を思い出した。恋人だと信じていた人は、私以外の人を想っていた。そのことに気付かず、デートや食事に誘われて、のぼせ上がっていたのが恥ずかしい。

「……馬鹿だったよね……」

思わず自嘲のつぶやきが漏れた。それが聞こえたのか、九重さんが振り向き、私の顔を覗き込んだ。

「どうしたん？　七海さん」

間近に見えた澄んだ瞳に驚き、私は小さく「きゃっ」と声を上げ、身を引いた。

「い、いきなり近付かないでください。びっくりしました」

鼓動の速くなった胸を押さえて、九重さんを見上げる。

「かんにん。元気なさそうに見えたから、気になってん。あちこち回ったし、疲れた？」

「あ、えっと……少し」

確かに、今日は盛りだくさんの一日だったので疲れた。

「ほんなら、はよ、帰ろ。家までタクシーで送っていくわ」

「そんな！　申し訳ないです」

慌てて断ったら、九重さんは悪戯っぽく片目を瞑った。

「経費やし、気にせんでええよ」

「俺も送ってほしいな～」

葵君が、甘えた声で話に割り込んでくる。

「まあ、ええよ。寮に寄ってから、七海さんの家に回るわ。常盤さんたちはどうしはります？　タクシー呼びましょうか？」

「僕たちはもう少し一緒にいたいので、おかまいなく。お先にお帰りください」

常盤さんが九重さんの申し出を断ると、まりなさんも頷いた。

「ディナーに行こう、常盤さん」

「いいですね。以前から、あなたと一緒に行きたいと思っていたお店があるのです。ご案内しますよ」

腕を組んで境内を出ていく二人を見送り、私と九重さんは「あてられますね」と微笑んだ。

＊

数日後、辰さんが『セカンドライフ』を訪ねてきた。

「これはお土産です」と生八ッ橋（なまやつはし）の箱を手渡され、私は「どうもご丁寧に」と言って受け取った。気遣いのできる霊狐だ。

さっそく、箱を開けて、応接コーナーのソファーに座った辰さんと九重さんの前に置く。お茶を運び、私もソファーに腰を落ち着けたら、ゆきみちゃんが膝の上に飛び乗ってきた。生八ッ橋に興味津々だったので、一枚取り上げて口元に差し出したら、ぱくりと食べた。

「今日は、先日お話しした通り、私が襲われた時の状況をご説明に参りました」

辰さんはお茶に口を付けると、おもむろに語り出した。

「久しぶりに稲荷山に呼ばれ、お社に戻ろうとしていた時のことです。『円山公園』を通り抜けようと駆けていたら、一人の少女に呼び止められました。霊狐だとわかって声をかけたのだろうかと興味を引かれ、足を止めたら、いきなり日本刀を突きつけられました。『葛葉という狐を知っているか。教えなければ斬る』と言われましたので、『知らない』と答えました。あいにく、本当に知らなかったのです。すると、『隠すな』と脅されて、斬りつけられまして……。すんでのところで躱しましたが、足を怪我してしまいました。迂闊でした」

辰さんが、情けなさそうに溜め息をついた。

「葛葉という名の狐……」

九重さんが、眉を寄せる。

「うーん……あの狐のことか？　でも平安時代の話やし……」

「知っているんですか？　所長」

心当たりがあるのか、ぶつぶつ言っている九重さんを見る。

「七海さんは、安倍晴明って知ってはる？」

逆に問い返され、私は頬に指を当て、首を傾げた。

「ええと、平安時代の有名な陰陽師でしたっけ」

安倍晴明を題材にした映画や小説を見たことがある。九重さんが頷いた。

「晴明の母親は、狐やったって言われてるねん。その狐の名前が『葛の葉』っていう」

「『葛の葉』！　じゃあ、その少女が捜している葛葉さんは、安倍晴明のお母さんということですか？」

もしそうだとしたら、かなり昔の狐だということになる。

「まだわからへんけど……」

九重さんは慎重な様子でつぶやいた後、辰さんに視線を戻し、お礼を言った。

「おおきに、辰さん。その話、覚えとくわ」

「お役に立てたのなら何よりです」

辰さんが、にこりと微笑んだ。

第三章　狐たちの住処へ

ゴールデンウィークに入り、私は実家から、人材派遣会社『セカンドライフ』の寮に引っ越した。

「今日からここが私の家かぁ」

引いていたスーツケースから手を離し、三階建ての一戸建て住宅を見上げる。

寮の場所は阪急電車・大宮駅の近く。住宅街の中にあり、似たような外観の家に囲まれていた。建売住宅だったのかもしれない。

引っ越しにあたり、私はゆきみちゃんを連れてきた。今まで実家住まいだったので、ゆきみちゃんを連れて帰ることができず、夜は九重さんの家で面倒を見てもらっていた。けれど、これからは寮住まいなので、ずっと一緒にいられる。

インターフォンを押すと、扉が開いて、葵君が現れた。

「結月！　待ってたよ！」

満面の笑みで裸足のまま玄関を飛び出してくる。両手を広げて抱きつこうとしたので、私はさっと右に避けた。空をかいた手を所在なげに下ろし、葵君は唇を尖らせた。

「歓迎のハグだったのに、結月、つれないなぁ」

「お触り禁止！」

葵君の額をぺちっと叩く。すると、今度は撫子さんが顔を出した。

「七海さん、こんにちは」

「撫子さん」

「他の荷物、届いてますよ」

寮には一通りのものは揃っていると聞いていたので、私は、服や日用品など、身の回りのものだけ持ってくることにした。細々とした引っ越し荷物は、先に宅配で送ってある。

「撫子さんが受け取ってくれたんですか？　ありがとうございます！」

「どういたしまして。ふふっ、これからは同居するのですから、堅苦しくしないでください」

撫子さんに言われて、私は頷いた。

「じゃあそうするね。よろしく！」

「中へどうぞ」

撫子さんは笑顔で私を促すと、スーツケースを引く私のために、玄関扉を押さえてくれた。

「お邪魔します」と言って、家の中に入る。

寮は人材派遣会社『セカンドライフ』の登録スタッフが居住しているシェアハウス。葵君と撫子さん、常盤さんはここに住んでいる。

「とりあえず、荷物をお部屋に入れますか？」

撫子さんが聞いてくれたので「うん」と頷くと、後から家に入ってきた葵君が、さっとスーツケースを持ってくれた。

「結月の部屋は三階だよ」

階段を上っていく彼の後に続く。

三階の廊下には扉が三つ付いていて、一つの扉には撫子の花の折り紙が貼ってある色紙が掛かっていた。もう一つの扉にはラベンダーのドライフラワーが飾ってある。

葵君は何も掛かっていない扉を開けると、私を促した。

「ここが結月の部屋。どうぞ」

「わぁ！　綺麗なお部屋だね！」

部屋は洋室で、シングルベッドとチェストが置いてあった。小さな押し入れもある。カーテンもついているし、特に買い足すものはなさそうだ。部屋の片隅には、私が送った段ボール箱が置いてあった。

「後で一階においでよ。皆でお茶を飲も。結月が来るから、皆、楽しみにしてたんだ」

葵君はスーツケースを私に返すと、ひらひらと手を振って、先に階段を下りていった。その背中に向かって「ありがとう」と声をかけ、私は部屋に入った。

スーツケースをベッドサイドに置き、カーテンを開けて外を見ると、住宅の屋根ばかりが目に入る。眺望はさしてよくなかったので、すぐにカーテンを閉めた。

リュックを下ろしてファスナーを開け、ゆきみちゃんを抱き上げる。

荷物の整理は後回しにして、皆が待っているという一階へ向かう。廊下の扉を開けて中に入ったら、そこは共用のリビングダイニングになっていた。

リビングのソファーには撫子さんと、常盤さん、それから初めて顔を見る女性が座っていた。あらかじめ九重さんから、寮の住人たちは霊狐ばかりだと聞いていた。きっと彼女も霊狐なのだろう。私よりも少し年上ぐらいに見えるけれど、霊狐の実年齢は見た目通りではない。

リビングに入った私に気が付き、女性がこちらを見た。

「あなたが結月？」

気さくな調子で声をかけてくる。

「はい。七海結月といいます。これからよろしくお願いします」

「私は白藤よ。私も『セカンドライフ』の登録スタッフで、アパレルショップの販売員をしているの。よろしくね」

白藤さんは艶やかな笑顔で自己紹介をした。白藤さんと撫子さんは、漆黒の髪や瞳はよく似ているけれど、白藤さんの髪には緩やかにウェーブがかかっている。ぱっちりとしつつも少し吊り目、眉もきりっとしていて、唇は厚めの顔立ちなので、清楚系な撫子さんと対照的に派手顔だった。

人間が私しかいない寮だけど、まあ、別にいいよね。皆、人と変わりなさそうだし。

「結月、ここ空いてるわよ。ずっと立っていないで座れば？」

白藤さんが自分の隣を叩いて勧めてくれた。「ありがとうございます」と言って腰を下ろしたら、白藤さんが私に近付き、怪訝な表情を浮かべた。

「んんっ？」

ずいっと顔を寄せられ、思わずのけぞる。白藤さんは、鼻をすんすんと動かし、いきなり私の体の匂いを嗅ぎ始めた。

「なんだかいい匂いがする。どこから？」

「えっ、な、何……」

戸惑っていると「逃げるな」とでも言うように、ソファーに押し倒されてしまった。潰されそうになったゆきみちゃんが、腕の中からぴょこんと逃げる。

「何、この匂い。甘くて……なんだか、くらくらしてくる」

私の首筋に顔を近付けてくる美女に悲鳴を上げる。

「ちょ、ちょっと待って！　白藤さん！　突然、何？　どうしたんですか？」

「白藤、ストップ」

葵君が立ち上がり、片手で白藤さんの服の襟を掴み、引き上げた。

「結月はいい匂いがするよ。興奮する気持ちはわかるけどね。ちょっと落ち着きなよ」

「何よ、葵」

白藤さんが唇を尖らせた。美女に襲われそうになっていた私は、急いで体を起こすと、ソファーの端に逃げた。ゆきみちゃんが飛んできて、私を守るように白藤さんを威嚇する。

私たちの様子を見ていた撫子さんと常盤さんが苦笑していた。

「白藤ちゃんが、すみません」

「彼女、肉食系なんです」

肉食系……って、狐ってもともと雑食の動物じゃなかったっけ？

常盤さんの言い様に、内心で突っ込んでしまった。

「しかし、所長も、私たちの住処にあなたを入居させるなんて、思い切ったことをするものですねえ」

　常盤さんの言葉にドキッとする。

「どういう意味ですか？」

　不安な気持ちで問いかけた私に、常盤さんがきょとんとした目を向けた。

「もしかして無自覚ですか？　あなたからは、霊狐好みの、とてもいい匂いがするんですよ。白藤さんは、その匂いにあてられたんですね」

「へ？　匂い？」

　そういえば、葵君も以前、匂いがどうとか言っていたような。

　私の体って、そんなに匂うの？

　品がないと思いながらも脇に鼻を近付けて、体臭を嗅ぐ。

「ああ、汗の匂いなどではないですよ。もっとこう……霊狐を惹き付ける匂いなんです。高貴な方がまとう、お香のような香りですね」

　常盤さんの説明に、隣で撫子さんも頷いている。

「私も、最初お会いした時、七海さんから懐かしい香りがして、親近感がわきました。七海さんの体からは、まるで大神様のお召し物の匂いのような、いい香りがするんです」

「大神様……って」

撫子さんの大神様と言えば、宇迦之御魂大神（うかのみたまのおおかみ）のことだ。まさか自分が神様と同じ匂いがするだなんて信じられず、私はもう一度、自分の体を嗅いでみた。けれど、どう嗅いでみても自分ではよくわからない。

なんでそんな匂いがするんだろう……？

不思議に思って首を傾げる。

「放しなさいよっ、葵！」

白藤さんが葵君の手を振り払い、ゆきみちゃんが私の膝の上に戻ってくる。

「とりあえず、お茶にしよ。コーヒー淹れてくるね」

そう言って、葵君が淹れてきてくれたコーヒーは、狐のキャラクターが描かれたカップに入っていて、「何、このチョイス」と、私は少し笑ってしまった。

その日の夜、私はベッドに横になって天井を見つめ、霊狐たちのことを考えていた。ゆきみちゃんは、私の頭の横で丸まり、眠っている。

葵君も、撫子さんも、常盤さんも、白藤さんも、本当に狐なのかと思うほど人間臭い。見た目は完璧に人間だ。あえてそう化けているのか、皆、見目麗（みめうるわ）しい。行動も、食生活も、人間そのものだ。

ただ一つ「狐っぽいな」と感じたのは、夕食のメニューにお揚げ料理が多かったことだ。おかずは油揚げのステーキだったし、味噌汁の具も油揚げだったたし、ご飯はおいなりさんだった。

夕食は当番制だって言っていたよね。どうしよう、私以外の日が全部お揚げ料理だったら、さすがに飽きちゃうかも……。

そんなことをつらつらと考えていたら、いつの間にか眠りに落ちていた。

＊

翌朝。私は、温かくふわふわした感触に包まれていることに気が付いて、目が覚めた。

ん……？　何……？

上等の毛皮を着込んでいるような、手触りのいいぬいぐるみを抱いているような、そんな感覚だ。ぼんやりとした頭のまま半身を起こして――

「きゃーっ！」

私は悲鳴を上げた。

両隣で二匹の白狐が眠っていた。一緒に寝たゆきみちゃんではない。誰だろう。私の体に前脚を掛け、すうすうと気持ちよさそうに寝息を立てている狐たちを見て、頭が真っ白になった。

「な、な、な……」

言葉にならない声を上げていると、片方の狐の目がぱちっと開いた。私の顔を見上げ、

「コン」と鳴いた瞬間、葵君の姿に変わった。

「おはよう、結月」

「な、な、な……」

依然として言葉もないのは、彼が全裸だったからだ。

葵君は私の隣にいるもう一匹の狐に気が付くと、「あっ、白藤も来たの！」と、手を伸ばして体をゆすった。すると、もう一匹の狐も目を覚まし「ふわぁ～あ」と大あくびをした後、白藤さんの姿に変わった。やはり彼女も全裸だ。

「何、勝手に結月のベッドに忍び込んでるんだよ。駄目だろ、昨夜、結月には手を出さないって、皆で約束したじゃん！」

「どの口が言うのよ。あんたも結月のベッドに潜り込んでるじゃない」

「それは……その、なんというか、匂いに惹かれて」

葵君はばつが悪そうに、もごもごと言い訳をしている。

白藤さんは腕を伸ばすと、私に抱きつき、顔を覗き込んだ。

「ん～っ、いい香り。朝から幸せな気分になる」

豊満で柔らかな胸が体に当たり、女性同士でもどぎまぎした。

「あーっ！　結月にくっつくなよ～！」

どけって、と白藤さんを押しのけながら、今度は葵君がくっついてきた。華奢なくせに筋肉の付いた胸板が体に触れ、心臓が跳ねる。

「ずるい！　葵こそ離れなさいよ！」

「朝一で結月の匂いを嗅いでいいのは俺だけだから！」

「開き直ったわね！　勝手に決めないでよ！」

私を取り合ってぎゃあぎゃあ言っている二人をぐいっと押しやる。騒ぎでゆきみちゃんも起きたのか、私の枕元で「コンコンッ！」と鳴き声を上げ、二人を威嚇している。

私はケンカをする葵君と白藤さんに叫んだ。

「えーい、うるさいっ！　二人共、出ていきなさーいっ！」

二人がひゃっと背筋を伸ばし、ベッドから飛び降りて、ぱたぱたと部屋を出ていった。

「一体、なんなの、もう……。私って、そんなにいい匂いがするの？」

ベッドの上で頭を抱える私に、ゆきみちゃんがすり寄ってきて、まるで「そうだよ」と言うように「コンッ」と鳴いた。

＊

「……っていう感じで、二人とも毎晩私のベッドに潜り込んでくるんです。部屋に鍵を付けてもいいですか、所長」

寮に入って数日後。我慢の限界を超えた私は、事務所で九重さんに相談した。

「ふかふかの毛皮に挟まれるのは正直、気持ちよくて癒やされますけど……人に化けたら二人とも全裸ですし、さすがに……」

「ええよ。今度、ホームセンターで鍵を買って、付けに行くわ」

九重さんは、困っている私を見て、面白そうに笑っている。

「よろしくお願いします。私って、そんなに霊狐を惹き付ける匂いを発してるんでしょうか？」

相変わらず、私には、自分の体臭が感じられない。まあ、最近、気温が上がってきたので、汗ばむ時はあるけれども。

猫のマタタビみたい。

ついまた自分の腕などを嗅ぎ、「匂い……してるのかなぁ？」と不思議に思っていると、九重さんが椅子から立ち上がった。私の背後に回り込み、うなじに顔を近付ける。

「してるで」

息が首筋に当たり、思わずぞくっとした。九重さんが私の襟足を嗅ぐような仕草をする。

「あ、あの、所長……何、を……？」

私は上擦った声で尋ねた。振り返り、上目遣いで九重さんを見る。

すると九重さんは、口元に笑みを浮かべ、色気のあるまなざしを私に向けた。

「僕も思わず、くらっとする時がある」

くらっとするのはこっちです。

まるでこちらを誘惑するかのような視線に、目眩がした。

「所長もわかるんですか？　どうして？」

かろうじてそう問いかけると、九重さんは思わせぶりに笑った。

「秘密」

この笑顔……眩しすぎて目が潰れそう。

九重さんから顔を背け、両手で押さえた頬は熱かった。

第四章　雨と幼い恋

人材派遣会社『セカンドライフ』での試用期間が終わり、私は晴れて正社員になった。これから、ますます頑張らねばならない。そのためにはまず、スーツを手に入れなければ！

今日は土曜日で仕事も休み。四条河原町（しじょうかわらまち）へ買い物に行こう。

寮の最寄りのバス停から市バスに乗る。車の多い四条通（しじょうどおり）を、バスはトロトロと進む。ぼんやりと窓から外を眺めながら思案した。

スーツ、どこで買おう。デパートかな？　それとも量販店のほうが安いかな？　スカートとパンツ、どっちにしよう。

スーツを着るなんて、就職活動以来だ。学生時代から体型が変わったことに加え、前の会社はオフィスカジュアルでよかったので、当時のリクルートスーツは捨ててしまった。

昔はもう少しぽっちゃりしてたんだよね……。

部長のことが好きになり、大人の彼にふさわしい女性になりたくて、ダイエットをしたり、メイクの勉強をしたりと頑張った。その甲斐もあって、デートのたびに彼は私のことを「可愛い」って褒めてくれたけど……。

あれって、本気の言葉じゃなかったんだよね。

かつての恋を思い出すと、彼の嘘を見抜けなかった自分が情けなくなる。

もう恋なんて、懲りごり。まして、上司となんて絶対に嫌！

——と、思うのに、頭に浮かぶのは九重さんの顔。

どうして私、九重さんと一緒にいると、ドキドキしちゃうんだろう。

きっと九重さんが美人すぎるから……。憧れみたいなものなんだ。

「恋じゃない」

自分に言い聞かせるようにつぶやく。

考えごとをしているうちに、四条河原町に着いた。

バスを降り、「さて、どこから見て回ろう」と考え、四条河原町の交差点に建つデパートを見上げる。

デパートのスーツは値段が高いかも。

でも、参考程度に見に行ってもいいかもしれない。

ガラス扉を潜り、店内へ足を踏み入れる。

「レディース服は……二階と三階か」

二階フロアへ上がってみると、海外の一流ブランドの店が並んでいて、自分の場違いさに立ちすくんでしまった。

「お高いお店のフロアだった……!」

慌ててエスカレーターに乗り直し、三階へ上がる。

二階よりはカジュアルな雰囲気のフロアに安心し、手頃なものを探す。

「あっ、あのスーツ、素敵!」

マネキンが着ているスーツに目が吸い寄せられ、近付いてみる。ベージュのジャケットと膝丈のフレアスカートは、形はベーシックだけれど、色が明るいので、柔らかな印象だ。インナーにはコーラルピンクのカットソーが合わせられていて、それがまた、このスーツの魅力を引き立てている。

どうせスーツを着るなら、きちんとしているけど可愛さのある、こういうコーディネートがいいなぁ。

そう思って値札を見てみたら、一式数万円したので、がっくりと肩を落とした。

「やっぱりデパートで買うのはやめよう……」

しょんぼりと肩を落とし、その場を離れようとした時、

「あら、結月（ゆづき）じゃない」

と、声をかけられた。そちらに目を向けると、名札を付けた白藤（しらふじ）さんが笑みを浮かべて立っていた。

「白藤さん！」

「買い物に来たの？」

「はい。仕事用のスーツを買いに来たんですけど……」

返事をしながら、この店のブランド名を確認したら、白藤さんが派遣で働いているアパレルブランドと同じ名前だった。店の名前を見ながらフロアを回っていたわけではなかったので、全く気が付かなかった。けれど、確か白藤さんの勤務先は、このデパートではなく、京都駅前のデパートだったはずだ。

首を傾げて尋ねると、「今日はこっちの店の人数が足りなくて、ヘルプで来たの」との答えが返ってきた。

派遣スタッフの細かなシフト変更までは、事務所に連絡されない。月末にタイムカードがファックスで届き、それに合わせて給与計算をして、スタッフに給料を支払っている。

「柔軟に対応してくださって、ありがとうございます」

事務所側の人間として、スタッフである白藤さんにお礼を言うと、白藤さんは「かまわないわよ。仕事だし」と笑った。

「それで、スーツだっけ？　これが気に入ったの？」

白藤さんは話を戻すと、マネキンが着ているスーツに目を向けた。

「はい。色と形が可愛いなって思って見てました」

「じゃあ、着てみる？」

「えっ！」

「ちょっと待って。今、準備するから」

そう言って、白藤さんはマネキンが着ているスーツのタグを確認し始めた。

「わざわざいいですよ！　悪いです！」

「気にしないで、着るだけでも着てみて。結月だったら、この色、絶対似合うと思う！」

私は慌てて止めたけれど、白藤さんは楽しそうだ。

あっという間に、スーツとカットソーを用意した白藤さんが、私を試着室へ案内する。

「お客様、試着室はこちらでーす」

手間をかけさせてしまった手前、断り切れず、私は白藤さんに案内されるままに、試着室に入った。

「着たら見せてね、結月」

白藤さんに念を押され、頷く。私は着ていた服を脱いで、コーラルピンクのカットソーに腕を通した。なんだか、顔映りのいい色だ。ベージュのスカートをはいて、ジャケットを羽織ったら、さらに顔色が明るくなった。

「お客様、いかがでしょうかー？」

いかにもアパレル店員っぽい口調で、白藤さんが声をかける。私はおずおずと試着室の外に出た。

「わあ！　可愛い！　結月、そのスーツ、すごく似合ってるわ！」

私の姿を見た途端、白藤さんが目を輝かせ、手を叩いて褒めてくれた。

「結月のパーソナルカラーにスーツの色が合ってるのね。顔色もよく見えるし、すっごくいいと思う！」

パーソナルカラーという言葉は聞いたことがある。自分をより引き立たせる色のことだ。確か、スプリング、サマー、オータム、ウィンターと四つのグループに分かれているんじゃなかったかな？

「結月はきっとスプリングなのね。イエローベースで明るい色が似合うのよ」

白藤さんに分析され、「へえ～！」と感心する。白藤さんは霊狐だけれど、ファッションについてしっかり勉強しているようだ。

「形も似合ってる。骨格診断だと、結月はきっとウェーブね。このスーツ、結月との相性がバッチリよ！」

白藤さんに自信満々にそう言われると、ますます買うべきなのはこれだという気持ちになってくる。

ああ、でも高い……。

躊躇していたら、私の懐事情に気が付いたのか、白藤さんが顔を近付けてきて、耳打ちした。

「よかったら社割で買わせてあげるわよ」

「社割？」

「私が買うと、五割引きになるから」

「五わ……」

驚きのあまり大きな声を出しかけて、慌てて口を押さえた。社割で買うと言ってくれたのは、きっと白藤さんの厚意だ。友人の服を社割で買うなんて、本当は駄目に違いない。

「結月、今月から正社員になったんでしょ？　私からのお祝い」

白藤さんがにっこりと笑い、私は彼女の厚意をありがたく受け取ることにした。

スーツは白藤さんが購入して、寮に持って帰ってきてくれることになった。代金はその時に返せばいいとのことだ。私は、ほくほくとした嬉しい気持ちで婦人服売場を後にし、一階へ下りた。

白藤さんのおかげで、素敵な服が手に入ってよかった！

これで、週明けからの仕事も頑張れそう。

せっかくデパートに来たので、他の売場も見ていこうと、婦人雑貨の売場に入る。すると、迷うようにうろうろしている、十二歳ぐらいの少女の姿が目に入った。

「ん……？」

少女は、子ども用の着物を着て、兵児帯（へこおび）を巻いていた。頭にぴょっこりと生えているのは、どこからどう見ても狐の耳だ。

あれ、カチューシャじゃないよね？

耳が目立つので、店員や他の買い物客の視線を集めているものの、コスプレだとでも思われているのか、特に話しかけられてはいないようだ。

けれど、見て見ぬ振りもできず、私は少女に近付き声をかけた。

「何か探しているの？　狐さん」

少女が振り返り、目を丸くする。

「ど、ど、どうしてあたしが狐だって……」

動揺している少女の頭を指差す。

「わかるよ。耳が出てるもの」

少女は「しまった！」という顔をして、慌てて頭を押さえた。すぐに、しゅるんと耳が消える。

「あ、あたしは、狐なんかじゃないわっ！　あなたが見た耳は、目の錯覚っ！」

必死に誤魔化す様子が愛らしくて、思わず笑ってしまった。

「何を笑っているのよっ！」

少女がむすっとして、私の体を叩く。

「ごめんなさい。あなたが可愛かったから」

そう言うと、少女は恥ずかしそうにそっぽを向いた。

「あなた、ここで何をしていたの？　お買い物？」

霊狐の子どもが一人でうろうろしていることが気になり、尋ねてみた。

「……あたし、傘を買いに来たの」

「傘？」

少女がもじもじと指を絡めながら答えた。

「うん。プレゼントしたくて……」

「そうなんだ。プレゼントを買いに来たんだね」

恥ずかしがっているところを見ると、特別な相手にあげるものだろうか。

にこにこしていたら、少女が顔を上げ、私の服を掴んだ。

「でも、買い物の仕方がわからなくて困っていたの！　あなた、教えてちょうだい！」

助けを求めるように見上げる、必死な表情がいじらしい。力になってあげたい。

「いいよ。じゃあ、手伝ってあげる」

私が頷くと、少女の顔が輝いた。

「本当？」

「あなた、お名前は？　私は七海（ななみ）結月」

「あたしは千歳（ちとせ）」

「千歳ちゃん、誰にあげるプレゼントを探していたの？」

まずはそこを確認しておかなければ。

千歳ちゃんは「えっとね……」と、言いにくそうに口ごもった後、

「濡髪童子（ぬれがみどうじ）様」

と、答えた。

「ぬれがみどうじ？」

「うん。知恩院の濡髪大明神様よ。お優しくて、素敵なお狐様なの」

千歳ちゃんはうっとりと両手を組んだ。

「あたしが大神様のおつかいで訪ねていくと、いつも『お疲れ様』ってねぎらってくださるの。この間、雨が降った日に、『濡れないように』って傘をくださって……」

千歳ちゃんは頬を赤らめながら、濡髪童子について教えてくれる。

「なるほど。そのお礼にプレゼントをしたいっていうことなんだね」

「うん。お返しに傘を贈りたいの。本当はいただいた傘を返したほうがいいのかもしれないけれど、あれはあたしの宝物にしたいから……」

恥ずかしそうにしている千歳ちゃんを見て、「もしかして濡髪童子様に恋をしているのかな？」と思った。

童子っていうことは、相手も子どもなんだよね？　幼い恋？　それってとっても可愛い！

千歳ちゃんを応援したくて、気合いが入った。

「じゃあ、一緒に素敵な傘を探そう！」

「うんっ！」

千歳ちゃんが濡髪童子に贈りたい品は決まっていたので、紳士雑貨のフロアへ移動する。

「濡髪童子様は、おいくつぐらいの方なの？」

相手がどんな男の子なのか気になり、千歳ちゃんに質問したら、「四百歳を超えてると思う」という答えが返ってきて驚いた。

そりゃ、霊狐だもんね。童子って言っても、子どもとは限らないよね。

「確か、白藤さんの年齢がそれぐらいだから……濡髪童子様も、見た目年齢は二十代半(なか)ばってところなのかな？」

「見た目？　人間の姿になると、ってこと？」

千歳ちゃんの質問に「そう」と頷く。

「それなら、あたしと同じぐらいのお姿よ」

「えっ、そうなの？　千歳ちゃんっていくつ？」

「あたしは、まだ百二十歳ぐらい。濡髪童子様は、神様なの。童子って呼ばれているから、あえて、ずっと子どもの姿をとっていらっしゃるの」

「じゃあ、大人にも変化できるってこと？」

「たぶん」

霊狐年齢三百歳代なら、見た目年齢二十代前半など、人に化けた時の姿に規則性があるのだろうかと思っていたのだけれど、必ずしもそういうわけではなさそうだ。

「濡髪童子様は縁(えん)結びの神様なの。悩める人間たちの願いに耳を傾け、ご縁を結んであげている、優しいお方なの」

両手を組んでうっとりしている彼女の瞳の中にハートが見える。

「それなら、素敵な傘を選んでプレゼントしてあげたいね」

「うんっ！」

千歳ちゃんと一緒に傘売場を回り、あれこれ手に取って広げてみては、どれにしようかと迷う。

最終的に、モノトーンのギンガムチェック柄の折りたたみ傘を選んだ。千歳ちゃんが帯の間からがま口財布を取り出し、店員に代金を支払う。包装をしてもらい紙袋を受け取ると、千歳ちゃんは店員に向かって、嬉しそうに「ありがとう」とお礼を言った。

用事が済み、連れ立ってデパートの外に出る。

「それじゃ、千歳ちゃん、頑張ってね」

手を振って別れようとしたら、千歳ちゃんが私の手首を掴んだ。

「あのっ、待って」

「んっ？」

「あ、あなたも……一緒に来てもいいわよっ」

恥ずかしそうな千歳ちゃんを見て、ピンと来る。

一人で濡髪童子にプレゼントを渡すのが、きっと照れくさいんだ。

「私が一緒に行ってもいいの？」

両手を膝に当てて前屈みになり、顔を覗き込むと、千歳ちゃんは赤くなった。

「手伝ってくれたから……特別に許すわっ」

素直なのか素直じゃないのか、ツンデレな千歳ちゃんが可愛い。

「それなら、お言葉に甘えるね」

「うん！」

千歳ちゃんが、ほっとしたように笑う。私たちは手を繋ぐと、知恩院に向かって歩き出した。

知恩院は東山（ひがしやま）にある浄土宗（じょうどしゅう）の総本山だ。国宝だという立派な三門（さんもん）を見かけたことはあるけれど、境内に入ったことは一度もない。

「あたしが、蘇芳（すおう）様から、濡髪大明神様への伝令係に任命されたのは五年前でね。立派な狐神様だって聞いていたけど、あたしと変わらない子どもの姿だったから、なぁんだって思ったの。当時のあたし、ちょっと偉そうで高飛車（たかびしゃ）な態度をとっちゃった。だって、あたしがお仕えしているのは、霊狐が崇（あが）める最高のお方、宇迦之御魂大神（うかのみたまのおおかみ）様だもの。濡髪大明神なんて

「目じゃないわ、って思っていたから」

千歳ちゃんが、濡髪童子との馴れ初めについて教えてくれる。

「でもね、偉そうにふるまうあたしに、濡髪童子様はいつも紳士的だった。あたしがおつかいに行くと『お疲れ様。ありがとう』って、お礼を言ってくださるの。お菓子をくださることもあったわ。――あたし、一度、お役目の最中に、大神様の大切なお手紙を落としてしまったことがあるの。濡髪童子様のところへ行ってから気付いたのよ。どうしよう、蘇芳様に叱られる、大神様に失望されるって青くなって震えていたら、濡髪童子様が頭を撫でてくださったの。『大丈夫。誰にだって失敗はあるよ。僕が一緒に叱られてあげるから、安心して』っておっしゃって……」

その時のことを思い出したのか、千歳ちゃんは少し瞳を潤ませた。

「濡髪童子様は、わざわざあたしと一緒に稲荷山に来て、蘇芳様に取りなしてくださったのよ。おかげであたし、『今後は重々注意をするように』って言われただけで、あまり叱られなかった」

胸に手を当て、千歳ちゃんが微笑む。

「濡髪童子様は、お優しいね」

「そうなの！」

おしゃべりをしているうちに、私たちは、知恩院の前に辿り着いた。日本最大級の木造の門とも言われている三門は立派だ。

三門を潜って階段を上る。私は、急な階段に息が切れたけれど、慣れているのか、千歳ちゃんは身軽に駆け上がっていく。

広い境内に入ると、左手に本堂である御影堂が建っていた。そちらには向かわず、千歳ちゃんが「こっち！」と言って、私を引っ張っていく。

「この先にね、『勢至堂』っていうお堂があるの。濡髪大明神様は、さらにその奥！」

千歳ちゃんの言う通り、濡髪大明神は、勢至堂の墓地の先にあった。石造りの鳥居の向こうに、小さな祠が建っている。

千歳ちゃんは鳥居の前で一度深呼吸をすると、中に入った。私も後に続く。

「濡髪童子様」

千歳ちゃんが祠に向かって呼びかける。すぐに「やあ」という返事があった。

「千歳。こんにちは」

いつの間にか、着物姿の男の子が目の前に立っていた。おかっぱ頭の黒髪は、濡れているかのように艶がある。

「濡髪童子様、きょ、今日も、来てあげたわよっ」

さっきまでうっとりと想い人について語っていたのに、千歳ちゃんは腰に片手を当てて、ツンと横を向いた。

「うん、ありがとう。千歳に会えて嬉しいよ」

濡髪童子が、にこっと笑う。横を向いている千歳ちゃんの頬が赤くなる。

「今日はどうしたの？　大神様のおつかいで来たの？」

濡髪童子に尋ねられて、千歳ちゃんが俯いた。迷うように視線を彷徨わせる彼女に近付き、私は耳元で囁いた。

「頑張って。せっかく一生懸命プレゼントを選んだんだから」

千歳ちゃんが不安そうに私を見上げる。私が肩を叩くと、こくんと頷いた。

濡髪童子に駆け寄り、「あ、あげるわっ！」と手にしていた紙袋を押し付ける。

反射的に受け取った濡髪童子は、困惑気味に首を傾げた。

「これ、なぁに？」

「う……」

千歳ちゃんが口ごもる。逃げるように、私の背中に隠れた。口を挟んでいいものかどうか迷っていると、濡髪童子が私に目を向けた。

「さっきから気になっていたんだけど、あなたは誰ですか？　千歳の友達？　それとも縁結びの願掛けに来た人？　――ああ、なるほど。気になる方がいるのですね」

心の中を見透かすように見つめられ、私は息を呑んだ。

「その方とご縁を結んでほしいのですか？」

濡髪童子は慈愛（じあい）に満ちた微笑みを浮かべている。

「縁結びなんて……私……」

脳裏に浮かぶ九重さんの顔を必死で消そうとしたけれど、そうすればするほど、彼の美しい笑顔を思い出してドキドキしてしまい、うまくいかない。

濡髪童子が私に近付き、手を取った。

「あなたはまだ迷っておられるのですね。自分の心とゆっくりと向き合ってみるとよいと思いますよ。素直な気持ちで、ね」

「は、はい……」

神様のアドバイスに、私は戸惑いながらも返事をした。濡髪童子が、私の後ろに隠れている千歳ちゃんに目を向ける。

「千歳。またね」

ふっと濡髪童子の姿が消えた。

鳥の鳴き声が耳に入ってくる。今まで、周囲が無音だったことに、初めて気が付いた。

千歳ちゃんが踵を返し、歩き出した。無言で鳥居を潜り、濡髪大明神を出ていく。

「待って、千歳ちゃん！」

慌てて追いかけると、彼女は泣いていた。

「どうしたの？」

驚いて肩を掴んだけれど、千歳ちゃんは私の手を振り払い、足を止めない。

『勢至堂』まで戻ってきて、私はようやく彼女の前に回り込んだ。しゃがんで、顔を見上げる。

「千歳ちゃん、どうしたの？」

もう一度、優しく問いかけると、千歳ちゃんは、ぽろぽろと涙をこぼした。

「あたし、どうしていつもあんな態度をとっちゃうんだろう……」

手の甲で目をこする千歳ちゃん。

ああ、そうか。この子は濡髪童子の前で素直にふるまえないんだな。

最初に高飛車な態度をとってしまったから、好意を表すのが恥ずかしいのかもしれない。

「大丈夫。濡髪童子様は、気にしていらっしゃらないよ」

そう慰めると、千歳ちゃんは、髪を揺らして頭を振った。

「そんなことない。きっと、いつもツンツンしてるあたしのこと、子どもっぽいって思ってる。濡髪童子様はあたしよりもずうっと年上だから、結月みたいな大人の女の人のほうが好きなんだよ……」

「ええと……私、千歳ちゃんよりも若いよ？」

百二十歳の霊狐からすると、私なんて、ひ孫ぐらいの年齢ではないだろうか。

苦笑したけれど、千歳ちゃんは、ぐすぐすと鼻を鳴らして顔をこすっている。

「結月は綺麗だもん。大人って感じだもん」

「それなら、千歳ちゃんも大人っぽくなろう！」

いじらしい彼女を励ましたくて、私は千歳ちゃんの両手をぎゅっと握った。千歳ちゃんが瞳を涙で濡らしたまま、不思議そうに小首を傾げる。

「大人っぽく……？」

「うん。思い切り可愛く綺麗になって、濡髪童子様に見てもらおう！」

「あたし、綺麗になれるの？」

「任せて！」

私は胸を張って、力強く頷いた。

＊

週が明けて出勤すると、私を見るなり、九重さんが褒めてくれた。

「おはよう、七海さん。今日はなんや新鮮やね。スーツ姿、よう似合てはる」

「ありがとうございます」

照れくさくなって、お礼を言う。お気に入りのスーツが似合うと褒められたら、嬉しくて口元がにやけてしまう。

「そのスーツどこで買うてきたん？ よさそうな仕立やね」

「四条河原町のデパートです。白藤さんの勧めているブランドで買いました」

社割で買ってもらったというのは内緒だ。

「白藤さんに、私のパーソナルカラーや骨格に合ってるとかすすめられて、思い切って買ったんです」

「白藤さんはカリスマ販売員やしね。売り上げがええから、あの子、取引先の評判ええんよ」

九重さんが「ふふっ」と笑う。私は「白藤さん、カリスマ販売員だったんだ！」と驚いた。

背負っていたリュックからゆきみちゃんを出し、応接コーナーのソファーの上に置いた。

「そういえば、所長。私、その日、霊狐の女の子と、狐の神様に会ったんです」

私は九重さんに千歳ちゃんと濡髪童子の話をした。九重さんは濡髪童子のことを知っていたのか、「へえ！　あのお方に会ったんや」と驚いた。

「七海さんは、知恩院の『忘れ傘』って知ってはる？」

「忘れものの傘ですか？　知りません」

「『忘れ傘』は知恩院の七不思議の一つで、御影堂の庇に差し込まれている傘のことやで。江戸時代初期の名工、左甚五郎が、魔除けのために置いていった傘やって言われてる」

「へえ〜！」

知恩院に、そんないわれの傘があったのかと驚いた。

「その傘にはもう一つ言い伝えがあってな……。江戸時代の寛永年間に、本堂の建設工事をしていた時、霊巌上人という人が、毎晩人を集めて説法をしてはってん。霊巌上人は、大雨の日、大人たちに交じって、おかっぱ頭の童子がいることに気が付いた。その子はずぶ濡れやったけど、上人の話を熱心に聞いてたんやって。上人は話を終えた後、童子に傘を貸してあげて、『どこの子なのか？』って尋ねはった。そしたら、童子は『僕はこのあたりに住む狐です』て答えてん」

「もしかして、その子は……」

「七海さんが会うた童子やね。狐は、本堂の建設で居場所がなくなってしまったから、仕返しをするつもりで出てきたんやけど、上人の話に感じ入って、悪さをする気持ちがなくなったんやって。狐は上人に傘のお礼を言って帰っていった。翌日、上人が狐に貸した傘は、人間には手の届かない、庇の高い場所に差し込まれててん。狐の神通力のなせる業やと思った上人は、住処として境内に祠を建てて、その狐を祀らはった。狐の化けた童子の濡れた髪が印象的やったから、その祠は『濡髪堂』と呼ばれるようになったんやって。そして童子は知恩院を守ってきはった。そのうち、濡髪が男女の仲を表す『濡れる』という言葉と結びついて、縁結び祈願の祠となったらしいよ」

「そうだったんですか！」

濡髪童子の正体を知り、驚く。

「千歳ちゃんは、濡髪童子に恋をしているんです。でも、ツンデレな性格が災いして、素直になれないみたいで……。なんとか手助けをしてあげたくて、千歳ちゃんを大人っぽく変身させてあげる約束をしたんです」

私が計画を話すと、九重さんは楽しそうに笑った。

「それはええね。僕も協力するわ」

「えっ？　いいんですか？」

「ええよ。シンデレラを変身させるためには、スポンサーが必要やろ？」

九重さんが「任せて」と言うように片目を瞑ってみせる。

「ゆきみちゃん」

ソファーでまったりとしていたゆきみちゃんは、九重さんに呼ばれて、ぴょこっと立ち上がった。

「稲荷山へ行って、千歳ちゃんを呼んできて」

霊狐と意志疎通ができるゆきみちゃんが、「わかった」と言うように「コンッ」と鳴く。九重さんが入り口の戸を開けると、事務所を飛び出していった。

「さて、強力な助っ人も呼ぼうかな」

「助っ人？」

九重さんは私に悪戯っぽい笑みを見せると、固定電話に手を伸ばした。

「カリスマ販売員に来てもらお」

ゆきみちゃんが千歳ちゃんを伴って帰ってくると、私たちは事務所を閉めて、四条河原町へ向かった。

デパートの前で待つことしばし。

「お待たせ、結月！」

朗らかな声と共に、白藤さんが姿を現した。

「白藤さん、お休みの日にごめんなさい」

今日、白藤さんはオフだった。寮でのんびりしていた彼女を呼び出したのは、九重さんだ。

「来てくれておおきに」

九重さんがお礼を言うと、白藤さんは、ひらひらと手を振った。

「別にかまわないわ。女の子を着飾らせるなんて楽しいこと、誘ってくれてむしろありがとう！　それで、今日のモデルさんは、この子？」

私と九重さんに挟まれて立つ千歳ちゃんに目を向ける。千歳ちゃんは、グラマラスで美人の白藤さんに驚いているようだ。

「お姉さん、すごく大人っぽい……綺麗……」

「あら？　ありがと。あなたも可愛いわよ」

白藤さんが「ふふふ」と笑う。

「でも、今日は、もーっと可愛くしてあげるわね」

前屈みになり千歳ちゃんと目の高さを合わせると、白藤さんは自信満々に微笑んだ。

私が考えた作戦は、素敵な洋服とヘアメイクで千歳ちゃんを大人っぽく変身させ、濡髪童子を驚かせること。そして、千歳ちゃんに自信を付けさせ、濡髪童子に告白をするという流れだ。

「子ども服って、どこに行けば可愛いものが買えるのかな？」

「それなら、いいお店があるわ」

白藤さんに心当たりがあるようなので、お任せすることにした。

千歳ちゃんと手を繋ぐ白藤さんの後に、私と九重さんはついていく。今日の目的は買い物なので、可哀想だけれど、ゆきみちゃんは事務所でお留守番をしてもらっている。帰りに、大好きなおいなりさんを買って帰ってあげよう。

「ここに入りましょう」

白藤さんが連れてきてくれたのは、海外アパレルブランドの路面店だった。リーズナブルな価格でトレンドの服が購入できる、人気のお店だ。メンズ、レディース、キッズ服まで揃っている。

自動扉を潜って中に入ると、フレグランスのいい香りがした。

「キッズは奥みたいね。千歳ちゃん、行きましょうか」

白藤さんが千歳ちゃんを連れてフロアの奥へ入っていく。後に続こうとした私の手を、九重さんが掴んだ。

「あの子は白藤さんに任せておけば大丈夫やろ。七海さんは、こっち」

九重さんに強引に手を引かれ、戸惑いながらついていく。

彼は大きな鏡の前に私を立たせると、顎に指を当て、考え込んだ。

「七海さんは、どんな色が似合うんやろ。やっぱり明るい色かな」

そばに立っていたマネキンに目を向け、「これと同じスカート、どこにあるんやろ」と、つぶやきながら、きょろきょろと周囲を見回す。

「あったで」

九重さんは、マネキンが着ていたロングスカートと同じものを見つけて持ってくると、私のほうへ差し出した。体にあてがい、満足そうに笑う。

「うん。似合うてはる」

「えっ、あの……そう、ですか……？」

九重さんは戸惑う私の手にスカートのハンガーを握らせると、今度はトップスを探し始めた。

「シャツもええけど、もっとカジュアルに白いTシャツとか……ああでも、七海さんの雰囲気やとブラウスのほうが似合いそうや。ニットもええかもね」

真面目な顔で、あれでもないこれでもないとハンガーにかかった服を見比べている九重さんを見て、ぽかんとする。

私、もしかして、九重さんにコーディネートされてる？

「しょ、所長、あのう……」

ロングスカートのハンガーを握ったまま、困惑しながら九重さんを追いかける。

「うん、これがええかな。七海さん、試着してみて？」

真剣に服を選んでいた九重さんが振り向いた。手にしたハンガーには、半袖ニットとカーディガンが掛かっている。

「えっ？　試着？」

「うん。試着室はあっちみたいや」

私の腕を取り、九重さんが試着室まで引っ張っていく。

試着室コーナーは広く、六つの個室があった。扉の閉まっている部屋の前に、白藤さんが立っている。どうやら、千歳ちゃんのほうも試着中のようだ。

「千歳ちゃん、どんな感じ？」

「あの子、何を着せても似合いそうよ！　腕が鳴るわ」

様子を聞くと、白藤さんが目をきらきらさせて答えた。

「結月も試着するの？」

私が抱える服と、にこにこしている九重さんを見て、白藤さんはピンと来たようだ。

「はい。そうみたいで……」

私は九重さんから無言の圧を感じて、頷いた。

試着室コーナーにいた女性店員に一声かけて個室に入る。

九重さんが選んでくれた服……。

鏡の前に立ち、腕の中の服を見て、急に恥ずかしさがこみ上げてきた。

男性に服を選んでもらったことなんてない。初めての経験だ。

「とりあえず、着てみよう」

ドキドキしながらも着ていた服を脱ぎ、スカートをはいて、ニットをかぶる。鏡を見た途端「どうしよう」とうろたえた。

すごく女の子っぽい！　九重さん、こういう服が好みなんだ！

ふんわりとしたティアードのロングスカートとコンパクトなニットの組み合わせは、バランスがいい。

自分で言うのもなんだけど……似合っている。まるで、私の良さを全てわかっている人が選んだかのように、様になっている。

「……所長、なんでこんなにセンスがいいんですか……」

試着室の壁に手をついて動揺していたら、外から声が聞こえた。

「七海さん、着替えた？」

「あっ、は、はい」

もじもじしていても仕方がない。私は思い切って扉を開けた。

試着室の外で待っていた九重さんに、おずおずと視線を向ける。私を見つめていた九重さんが、ふわりと微笑んだ。

「――よう似合うてはる。可愛い」

少し甘さの含んだ声音で言われて、体温が上がった。火照った頬を隠すように横を向く。

「外に出てみて」

促されて足元を見ると、ベージュ色のパンプスが置いてあった。これを履けということらしい。足を入れてみると、ヒールが低く、安定していて履きやすかった。

「結月、その服、すごく似合ってる！　肌の色も体のラインも綺麗に見えるし、いいと思うわ！」

試着室から出た私を見て、白藤さんが絶賛した。

「この服、所長が選んだの？」

「そうやで」

「ふ〜ん……」

白藤さんが腕を組み、にやにやしながら九重さんを見ている。

試着室の前で喋っていたら、隣の部屋の扉が開いた。千歳ちゃんがひょこっと顔を出す。

「着てみたけど……。どうかしら？」

恥ずかしそうに外に出てきた千歳ちゃんは、ブラックのジャンパースカート姿だった。合わせているのは、首元がフリルになったハイネックのカットソーで、細いリボンが付いている。

「似合うよ、千歳ちゃん！」

「大人っぽい？」

「うん、うん。大人っぽい！」

私が褒めると、千歳ちゃんは嬉しそうに笑った。その瞬間、頭から、ぴょこんと狐の耳が飛び出した。試着室コーナーにいた女性店員が気が付き、目を丸くした。

「千歳ちゃん、耳、耳！」

急いで声をかけたら、うっかり耳を出してしまった千歳ちゃんが慌てた。頭を両手で押さえて目を瞑る。すると、耳がしゅるんと消えた。

「女の子の頭に狐の耳が……？　き、消え……？」

混乱している店員に、九重さんが近付いた。瞳を覗き込み、ゆっくりと微笑む。その笑みは、いつも以上に色っぽく妖しげだ。

店員が、九重さんの魅力にあてられたように、目をとろんとさせた。

「今、何も見なかったですよね？」

九重さんが確認すると、店員は「はい……何も見てません」と答えた。

「では、この服をください」

妖しげな雰囲気はどこへやら、九重さんがぱんっと手を叩き、人好きのする笑みを浮かべた。店員がはっとしたように我に返る。

「お買い上げですか？」

「ええ。あの子の服と、あの女性の服を一式。このまま、着て帰ります」

九重さんがさらっと口にした言葉を聞いて、私は慌てた。

「待ってください、所長！　私の服も……って！」

「いつも頑張ってくれてるし、お礼」

「そんな、いただけませんっ……」

九重さんを引き留めようと手を伸ばしたものの、店員と一緒に、さっさとレジカウンターに向かってしまった。

全身コーディネートをされて、着て帰ります、ってどこのお嬢様！

呆然としている私を見て、白藤さんがおかしそうに笑っている。

「まあ、いいじゃないの、結月。もらっておきなさいよ」

「で、でもっ」

おろおろしている私の肩を、白藤さんが叩く。

「所長の好意なんでしょ」

「好意って……」

その言葉に思わず頬が熱くなり、私は「ちょっと待って」と心の中で慌てた。

好意ってそういう意味じゃないから！　部下として気にしてくれてるって意味だから！

上司と恋愛なんてもうしない！　そう思っているのに、九重さんのことが気になって頭から離れない。

彼には翻弄されっぱなしだ。

悶々としていると、会計を終えた九重さんが戻ってきた。手に、大きな紙袋を二枚持っている。

「着てきた服、この袋に入れておいたら、後で送ってくれはるって」

店員とそこまで交渉してきたなんて、そつのない人だと感心した。

全身コーディネートされた私と千歳ちゃんは手を繋ぎ、やけに満足そうな九重さんと、そんな彼を見て笑っている白藤さんと共に、アパレルショップを出た。

「次は、ドラッグストアに行きましょう」

白藤さんが再び先に立って歩き出す。

四条河原町には何軒ものドラッグストアがあるけれど、白藤さんは特に大きな店を選び、中に入っていった。コスメコーナーで立ち止まり、あれこれ手に取って物色する。

「ファンデーションはこっちの色が合うかな？　アイカラーはラメ入りにして、チークはピンク系で……」

楽しそうな白藤さんを見ていると、彼女が本当は狐だなんて思えない。

私の視線に気が付いたのか、白藤さんが振り向いた。

「どうしたの、結月？　結月にも選んであげましょうか」

「白藤さんって、本当にファッションとかコスメとか好きなんですね」

私の言葉に白藤さんは「好きよ」と笑った。

「人間界って、きらきらして可愛いものがいっぱいあるから楽しいの。刺激的でエネルギッシュだし、狭間(はざま)の世界とは違うわ」

「狐たちの世界は違うんですか？」

狭間の世界は霊狐の世界。人間の世界と雰囲気が違うのだろうか。

「あっちはあっちで、のんびりしていていいとは思うけれどね。ちょっと古くさいかしら」

狭間の世界ってどんなところなんだろう？　興味を引かれたけれど、神様の世界と繋がる場所なので、きっと人間は立ち入ってはいけないのだろう。


コスメを買い込んだ後、ゆきみちゃんへのお土産も購入して、私たちは『セカンドライフ』の事務所へ戻った。「ただいま」と中に入った途端、ゆきみちゃんが飛んできた。ひしっと私の足にしがみつく。

「置いていってごめんね」

ゆきみちゃんを抱き上げて謝ると、ゆきみちゃんは私の体に頭をこすりつけ、「寂しかった」と言うように、「コンッ……」と鳴いた。

白藤さんがハンドバッグの中から大きな鏡を取り出した。応接コーナーのテーブルの上に置き、その前に千歳ちゃんを座らせる。買ってきたコスメを並べると、基礎化粧品から順番に、千歳ちゃんにメイクを施（ほどこ）し始めた。

私は、向かい側のソファーに座り、白藤さんの手際を眺めた。あどけない少女だった千歳ちゃんの顔が、魔法にかけられたように、お姉さんっぽい大人びた顔へと変わっていく。

白藤さん、まるでメイクアップアーティストみたい。今度、私も、メイクの仕方を教えてもらおうかな。

「ん、できた！」

最後にリップを引いて、白藤さんが満足げに手を止めた。

「これ……あたし？」

鏡を見て、千歳ちゃんが目を丸くしている。

「すごい！　あたしでも、こんな風になれるんだ……。お姉さんって、まるで魔法使いみたいね！」

尊敬のまなざしで白藤さんを見上げる千歳ちゃんに、白藤さんが微笑みかける。

「コツを掴めば自分でもできるようになるわ。今日使ったコスメ、全部あげるから、練習してみるといいわよ」

「うんっ」

千歳ちゃんが嬉しそうに頷く。

デスクで仕事をしながら、千歳ちゃんの準備が終わるのを待っていた九重さんが近付いてきた。

「ほな、濡髪大明神に行こか」

告白作戦、決行だ！

事務所を出ると、空は曇っていた。

今度はゆきみちゃんも一緒なので、知恩院まで距離があるけれど、徒歩で向かうことにした。途中で雨が降ってこないといいのだけど。

知恩院の三門を潜り、階段を上る。息を切らしている私の隣で、九重さんは涼しい顔をしている。千歳ちゃんは緊張した面持ちだ。

『勢至堂』に来ると、二人連れの若い女性とすれ違った。

「これで、あっくんと付き合えるかなぁ？」

「いけるんちゃう？　濡髪大明神って、縁結びの神様やろ？」

そんな会話が聞こえてくる。どうやら、濡髪大明神に願掛けに来た参拝者のようだ。

墓地を抜け、鳥居の前まで来ると、私は千歳ちゃんに声をかけた。

「頑張ってね！」

「大丈夫！　今のあなた、とても可愛いわ」

白藤さんにも励まされ、千歳ちゃんは、決心した表情で頷いた。

千歳ちゃんが鳥居を潜り、「濡髪童子様」と、名前を呼ぶと、おかっぱ頭の男の子が姿を現した。

「あ、あの……濡髪童子様。あたし……」

濡髪童子の前で、恥ずかしそうにしている千歳ちゃんを、やきもきしながら見守る。濡髪童子は、大人っぽく変身した彼女を見つめている。きっと、可愛いって言ってくれるよね。そう思っていたのに、意外な展開が起こった。

「どうしたの？　君はだぁれ？　僕を呼び出したってことは、君も霊狐なのかな？」

濡髪童子が、そう言ったのだ。

私と白藤さんは顔を見合わせた。もしかして濡髪童子は、目の前の女の子が千歳ちゃんだって気が付いていない……？

千歳ちゃんの体がぶるぶると震え、次の瞬間、踵を返して、鳥居から飛び出してきた。

「千歳ちゃんっ！」

白藤さんが慌てて千歳ちゃんを追いかけた。私は千歳ちゃんの背中と、祠の前に立つ濡髪童子の顔を交互に見た。どうしよう、私も千歳ちゃんを追うべき？

躊躇していると、ゆきみちゃんが腕から飛び下りた。「任せて！」と言うように一度振り向き、走っていく。

「千歳ちゃんのことは、僕たちに任せとき。七海さんは濡髪童子のほうをよろしく」

私の背中を叩き、九重さんも、白藤さんとゆきみちゃんを追っていく。

私は足早に鳥居を潜った。ぽかんとしていた濡髪童子は、私の姿にすぐに気が付いた。

「あれっ？　あなたは、この間のお姉さん。今日もお参りに来たの？」

「濡髪童子様」

私は濡髪童子の前に立つと、まっすぐに黒い瞳を見つめた。

「さっきの子、本当に誰だかわからなかったんですか？」

「さっきの子？」

私の問いかけに、濡髪童子が目を瞬かせ――

「あっ」

と、声を上げた。

「千歳？」

「そうです！　あの子は千歳ちゃんです！　濡髪童子様に、大人っぽく素敵になった姿を見せたくて、頑張ったんですよ！」

「僕に……？」

びっくりしている様子の濡髪童子に、私は言葉を続けた。

「千歳ちゃんは、年が離れた濡髪童子様に自分のことを意識してもらいたくて、一生懸命なんです！　その気持ち……わかってあげて……」

鈍感な縁結びの神様に向かって訴える。濡髪童子の目が丸くなる。

「僕に意識してもらいたくて、着飾ったっていうの？　……そんなこと、しなくていいのに」

濡髪童子がぽつりとつぶやく。どういう意味なのだろうと、眉間に皺を寄せた私に、濡髪童子は微笑んだ。

「千歳はそのままで充分素敵なのに。僕は、いつも真面目にお役目を果たしているあの子が好きなんだ。ツンツンしているあの子が可愛い。時々、恥ずかしそうにはにかむ顔は、もっと可愛い」

なんだ……。千歳ちゃんの想いは、とっくに濡髪童子に伝わっていたんだ。

私は温かな気持ちで濡髪童子を見つめ、お願いした。

「なら、本人にそう言ってあげてください。きっと、最高に可愛い笑顔を見せてくれますよ」

「そうだね。僕は長い間、人の子の縁を結んできたけれど、自分のことは後回しだった」

濡髪童子が寂しそうに微笑む。私は彼に一礼すると、鳥居を潜り、千歳ちゃんを捜しに向かった。

墓地を抜けて、勢至堂へ行くと、泣いている千歳ちゃんを見つけた。

「大丈夫。濡髪童子様は、綺麗になった千歳ちゃんにびっくりしただけよ。もう一度、頑張ろう?」

白藤さんが必死に励ましていた。ゆきみちゃんも、千歳ちゃんを慰めるように、足首に体をこすりつけている。

千歳ちゃんの頭からは、狐の耳が飛び出していた。ジャンパースカートの裾からも、尻尾の先が見えている。気持ちが混乱していて、変化を保つ余裕がないのかもしれない。

九重さんは妖しい笑みを浮かべて、千歳ちゃんをちらちらと見ている老夫婦に話しかけていた。もしかして、彼女の耳と尾について誤魔化しているのだろうか。

私は千歳ちゃんと白藤さんに駆け寄ると、二人の前でしゃがんだ。

「千歳ちゃん、違うんだよ」

泣いている千歳ちゃんの顔を、下から覗き込む。

「濡髪童子様は、千歳ちゃんを大切に想っているよ。真面目にお役目を果たしていること、褒めていたよ」

そう教えると、千歳ちゃんは顔を覆っていた手を少し離した。

「嘘……」

「嘘じゃないよ。千歳ちゃんは、そのままで充分素敵だって言っていたよ」

ポケットからハンカチを取り出し、涙でぐちゃぐちゃの頬を拭く。千歳ちゃんの顔はファンデーションがはげてドロドロ、マスカラが落ちて目の下は真っ黒だった。

それをできるだけ綺麗にしてあげて、「大丈夫。濡髪童子様は、千歳ちゃんのことが好きだよ」と、言い聞かせる。

「だから、ね。もう一度、勇気を出そう」

「……」

千歳ちゃんの瞳が、迷いで揺れている。白藤さんが励ますように、千歳ちゃんの体をぎゅっと抱きしめた。小さな背中を優しく叩き、「大丈夫よ」と囁く。

しばらくの間、千歳ちゃんは黙ってじっとしていたけれど、決心したように顔を上げた。

「あたし、もう一度、濡髪童子様のところへ行く。大好きですって言う」

「素直な気持ちで、ね」

以前濡髪童子が私に贈ってくれた言葉を、千歳ちゃんに伝える。

白藤さんに手を引かれ、千歳ちゃんが濡髪大明神に戻ると、濡髪童子は、ちゃんと彼女を待っていた。鳥居のそばまで近付いてきて、千歳ちゃんを招くように手を差し出す。千歳ちゃんは一瞬迷った後、濡髪童子の手を取った。

私と白藤さんは顔を見合わせ、頷き合った。もう、私たちの出番はない。

二人の邪魔をしないように、そっと濡髪大明神の祠の前から離れる。いつの間にか小雨が降り出していた。

私は思わずつぶやく。

「狐の嫁入りだ」

空は晴れていて、まるで祝福の雨のよう。

振り返ると、濡髪童子が千歳ちゃんに、ギンガムチェック柄の傘を差し掛けていた。

第五章　危険な星は煌めく

六月に入り、一之船入の桜の木は、青々とした葉を茂らせている。

「ねえ、蓮。知ってる？　最近、霊狐の間で物騒な噂が広がってること」

「物騒な噂？」

「それ、どんな噂なん？」

パソコンで作業をしていた私と九重さんは手を止め、事務所の応接コーナーのソファーで、ごろごろしている葵君を振り向いた。

「野狐が襲われてる」

「野狐が？」

すっと九重さんの目が細くなった。

「野狐ってなんですか？　霊狐の位の一つでしょうか？」

聞いたことのない言葉だったので説明を求めると、九重さんは難しい顔をした。

「野狐っていうのは、霊狐になろうと修行をしたけど、途中で諦めた狐のことを言うねん。

どこの稲荷神社にも属さず、野良で生活してる。中には、人間に悪さをする者もいるねん」

「ええっ！　そんな狐がいるんですか⁉」

「野良だから生活が苦しいんだ。だから、人間に取り憑いて、食べ物を盗んだり、無銭飲食をしたりするんだよ。取り憑かれた人間は、もとの性格と人格ががらっと変わるから、家族はびっくりするし、そのまま行方不明になったりもする」

　葵君が、補足説明をしてくれる。

　野狐というのは、かなり迷惑な存在のようだ。

「これ見て」

　葵君はむくりと起き上がると、スマホを手に近付いてきた。九重さんに液晶画面を差し出す。気になったので、私も九重さんのそばへ行き、横からスマホを覗き込んだ。

「『お祓い桔梗屋。狐憑きを祓います。あなたのまわりで奇妙な行動をとる者がいたら、それは狐憑きかもしれません』……なんやこれ」

　九重さんが眉間に皺を寄せた。

　葵君のスマホには、まるでどこかの会社のホームページのようなトップ画面が表示されている。デザインはともかく、書かれている文言が胡散臭い。

「野狐が襲われている事件について調べてたら見つけた。超常現象的な困りごとを解決する商売をしているみたい。怪しいよね」

「そうやね……」

九重さんは葵君からスマホを受け取ると、画面をタップした。『ご利用者様のお声』のページが表示されている。

「『父親の性格が変わり、暴れるようになりました。汚い言葉を吐くようになり、家族全員、怖がっていたのですが、桔梗屋さんに相談したら解決しました』……」

私は『ご利用者様のお声』を読み上げ、眉を顰めた。

「『お問い合わせはお気軽に』て書いてあるね。前に辰さんが日本刀を持った少女に襲われたって言うてはったこともあるし……何か関係あるかもしれへん。ちょっと調べてみよか」

顎に手を当て、九重さんは思案する表情を浮かべた。

『お祓い桔梗屋』について調べていたら、仕事が押して残業になってしまった。

九重さんが「一緒に晩ご飯食べて帰らへん？」と誘ってくれたので、軽く飲みに行くことになった。

『お祓い桔梗屋』の話を聞いた時点で、今日は遅くなりそうな予感がしたので、ゆきみちゃんは葵君に預け、先に寮に連れて帰ってもらっている。

私たちは先斗町(ぽんとちょう)へ向かうと、九重さんのおすすめだという、おしゃれな居酒屋に入った。

カウンター席に案内され、横並びに座る。カウンターの上には様々なおばんざいが並んでいて、九重さんが適当に注文してくれた。

「乾杯(かんぱい)」

「乾杯です」

ビールグラスをカチンと合わせた後、二人同時に口を付けた。

「はぁー、久しぶりのビール、おいしい～」

頬を押さえてうっとりしたら、九重さんが意外そうな顔で私を見た。

「七海(ななみ)さんはスイーツだけやなくて、お酒もいける口やったんやね」

「お酒、好きですよ。でも家ではあまり飲みませんね。家で飲むよりも、お酒はこういうお店で誰かと一緒に飲んだほうが、特別感があっていいというか」

「ほな、これからは、僕が誘ってもええ？」

流し目を向けられてドキッとする。

「七海さんと、もっと仲良くなりたい」

それはどういう意味なのでしょう、所長。

口から出そうになった質問を呑み込む。

「……あかん？」

動揺していると、九重さんが、ほんの少し唇を尖らせた。大人の男の人なのに拗ねている様子が可愛くて、思わずキュンとする。

「駄目じゃないです……」

小さな声で答えたら、九重さんは「よかった」と微笑んだ。

おばんざい料理はおいしく、箸が進み、お酒も回ってほろ酔い加減になってきた頃、一人の中年男性が入ってきた。無精ひげを生やし、薄汚れたスラックスをはいている。険しい顔つきをしていて、人相はあまりよくない。

「いらっしゃいませ。お一人様ですか？」

店員が声をかけると、男性は無言で頷いた。私たちの二つ隣の席に腰を下ろす。男性はカウンターの上のおばんざいを指差し、端から端まで注文した。「大食漢なのかな」などと思っていたら、並べられたおばんざいの皿を掴み、口にかきこみ始める。私は、男性の行儀の悪さに呆気に取られた。九重さんも、怪訝なまなざしで男性を見ている。

全ての料理を食べ終えると、男性はふらりと立ち上がった。そのまま店を出ていこうとしたので、店員が慌てて引き留めた。

「すみません。お会計を……！」

すると、男性はジロッと店員を睨み付け、口汚く罵った。

「あほか！　金なんかあるはずねぇだろ！　うまくもない料理を食ってやったんだ。ガタガタ言うな！」

店員が驚いて硬直している。あまりにも大きな声だったので私もぎょっとし、びくっと体が震えた。

「あかん。あれは野狐や。どうりで気配がおかしいと思った。七海さんは、ここにおって」

九重さんが席を立ち、店を出ていった男性を追いかける。

あれが、昼間、話題に出ていた野狐？

「ここにおって」と言われたけれど、私は店員に「必ず戻りますから！」と告げて荷物を預かってもらうと、九重さんの後を追った。

「所長っ！」

先斗町の通りに出て、二人の姿を捜す。九重さんは店から少し離れた場所で、男性の肩を掴み、引き留めているところだった。

「待ちよし」

いつにない厳しい声で、九重さんが男性に声をかける。

「ああん？」

男性が態度悪く返事をした。

「お前、野狐やな。取り憑いてるその人から、離れよし」

九重さんがぴしゃりと命じると、男性は鼻で笑った。

「ハン！　誰が離れるか」

「穏便に済ませたろて思ったのに、しゃあないな……」

九重さんはまなざしを鋭くすると、両手を合わせ、まるで何かの印を組むように素早く指を動かした。右の手で男性の左の肩を押さえ、「『七難即滅　ダキニバザラダドバン』」と唱える。

「何しやがる！」

男性が九重さんの手を振り払おうとしたけれど、九重さんは、今度は左の手で右の肩を掴み、さらに続ける。

「『七福即生　ダキニアビラウンケン』」

男性の表情が変わった。苦しそうに唸り始める。

九重さんは男性から手を離すと、合掌し、静かな声で締めくくった。

「『神我れ頼む人の願いを照らす浮世に残る三燈』」

男性が体を折った。「ううう……」と唸った後、背中が盛り上がり、パン！　と音を立てて衣服が弾けた。同時に、黒い塊が飛び出した。

私は驚いて大きな声を出した。

「狐……！」

鼻先が長く、三角耳の獣は、明らかに狐だ。私の目の前で、狐は高く飛び上がり、町家の屋根の上へ登った。そのまま、建物の反対側へ姿を消してしまう。

「しもた、逃げられた……！」

九重さんが舌打ちをした。

野狐が離れた男性は、気絶して道に倒れている。

私は一連の出来事に呆然とし、足から力が抜けて、へなへなとその場に座り込んだ。

こ、怖かった……！

今になって、体がガクガクと震えてくる。

「七海さん！」

私に気が付いた九重さんが駆け寄ってくる。

「かんにん。怖がらせてしもた。とりあえず、あいつはどこかへ行ったし、もう大丈夫やで」

腕に触れる九重さんの手の温かさで、私は少し落ち着きを取り戻した。

「あれが野狐なんですか？　ああやって、人に取り憑いているんですか？」

「そうや。迷惑な存在やで。ほんまはダキニ天様のところへ送らなあかんかってんけど、失敗してしもた」

深々と溜め息をついた九重さんを見上げる。

「ダキニ天様って？　それに……さっきの呪文、所長は一体何者なんですか？」

人間界に出てきた霊狐の手助けをしているという九重さん。それだけではなかったのだろうか。

「僕が何者か、きちんと説明するわ。とりあえず、憑かれてた男性を警察に保護してもらおう。お会計も済ませなあかん。立てる？」

九重さんに腕を引かれて立ち上がる。

一一〇番をすると、警官がすぐに駆けつけた。男性が無銭飲食をしようとしたので止めたところ、急に気を失ったと適当なことを言って引き渡す。

遠慮する店員に押し付けるように、野狐が食い逃げした分の代金も支払うと、私たちはそそくさと先斗町を後にした。

落ち着いた場所でゆっくり話をしたいと言われ、私は九重さんの家に行くことになった。

タクシーで向かったのは、河原町五条(かわらまちごじょう)にほど近いマンションだった。

九重さんは、マンションの入り口のオートロックを開けると、「どうぞ」と私を促した。ロビーはホテルのように綺麗だ。エレベーターに乗り込むと、九重さんは最上階のボタンを押した。

わけがわからないままついてきちゃったけど、緊張する……。

ドキドキしているうちに、エレベーターが停まる。廊下を歩いていくと、九重さんは角部屋の扉の前で立ち止まった。

鍵を開け、扉を引く。玄関は綺麗に片付けられていて、靴が一足も出ていない。九重さんが先に家の中に入り、「どうぞ、お入り」と私を手招いた。

「お邪魔します……」

パンプスを脱ぎ、おそるおそる後に続く。差し出されたスリッパに履き替え、案内されるがままについていくと、リビングに通された。

ちらりと見えたキッチンは、新築のままのように綺麗で、九重さんは料理をしないのだろうかと考える。部屋の中はすっきりと片付いていて、ものが少ない。生活感がまるでない。

家族はいないのか、他に人が住んでいる気配はなかった。

九重さんは一人暮らしなのかな?

「適当に座ってて」

ソファーを指差すので、素直に腰を下ろす。九重さんはキッチンへ入っていくと、コーヒーを淹れ始めた。

「こんな夜中に連れてきてかんにん。でも、外でする話やなかったし」

「いいえ、大丈夫です」

そうは言いながらも、男性の一人暮らしの部屋は緊張する。

九重さんはすぐにマグカップを二個持ってキッチンから戻ってきた。自分もソファーに腰を下ろし、カップの片方を私に手渡す。私はきっと不安そうな表情をしていたのだろう、九重さんは私の顔を見つめ、安心させるように微笑んだ。

「今から話すわ。僕が何者か。——僕は、守護者（しゅごしゃ）やねん」

「守護者？」

九重さんの言葉に、目を瞬かせる。

「人間界に出てきた霊狐たちをサポートし、危険が及ばないよう見守る守護者。そして、人間に悪さをする野狐を祓って、人間を守る守護者。そういった役目を負わされてる」

「負わされている……ということは、誰かから命令されているんですか？」

「ダキニ天様や」

野狐を祓った時も、九重さんはその名前を口にしていた。様付けで呼ぶからには偉い存在だろう……もしかして、神様？

九重さんは、神様の命令で動いているということ？

ますますわけがわからなくなり、私は話の続きを待った。

「霊狐たちが仕えているのは、神道の神様、宇迦之御魂大神様やろ？　狐を神使とする、五穀豊穣の神様や。ダキニ天様は、宇迦之御魂大神様と同一視されている仏教の神様で、白狐に乗る天女のお姿をされてはる。もとはインドの神様で、人肉を食べる夜叉やった」

「人肉を食べる……？」

なんて恐ろしい神様だろう。

「今は食べはらへんと思うよ」

九重さんは、まるでダキニ天と会ったことがあるような口ぶりで補足した。

「でも、どうして所長はダキニ天様からお役目を受けているんですか？」

「それは、僕の前世が『九尾の狐』やったからや」

「えっ！　所長の前世が狐？　どういうことですか？」

いきなり、前世などというスピリチュアルな話になり、私は目を丸くした。

「僕の母親は霊狐やねん。僕は人間と霊狐の間に生まれた半人半狐や。——七海さんは

『玉藻前』って知ってはる？　『玉藻前』は平安時代に鳥羽上皇の寵愛を受けた絶世の美女やったんやけど、正体は九尾を持つ狐のあやかしやってん。陰陽師によって正体を見破られて、宮中から逃げ出した『九尾の狐』は、那須野で人を攫ったりして悪行を働いてたんやけど、最終的に朝廷から派遣された討伐軍に討たれてしもた。僕は、その時に討たれた『九尾の狐』の魂を持ってる。前世の罪を償うために、ダキニ天様からお役目を言いつかってん。充分にお役目を果たせへんかったら、僕が死んだ後、『九尾の狐』の魂は再び転生し、未来でも罪を償わなあかん」

九重さんの淡々とした説明に、私は愕然としてしまった。

九尾って言葉、蘇芳さんや辰さんから聞いていたけど、そういう言い伝えの話だったんだ……。

「前世の罪を今生で償わなければいけないなんて、不条理な……」

「別に悲観的になってるわけとちゃうで。僕はこのお役目を気に入ってるし」

九重さんは、なんでもないことのように笑う。その強さに驚いた。

「さて、僕の事情は話したけど、夜が更けてしもたね。七海さん、今夜は泊まっていき」

「……えっ」

もやもやとした気持ちでいたところに、不意打ちでお誘いを受け、私の反応は遅れた。

「お風呂に入り。着替え持ってくるし」

「あ、あのっ……」

手を伸ばして引き留めようとしたけれど、九重さんは、さっと立ち上がり、隣の部屋へ入っていってしまった。上げた手を所在なく下ろす。

と、泊まるって……泊まるって……！

私の頭の中は、混乱でいっぱいになった。

流されるがままにお風呂に入り、九重さんが出してくれたスウェットとパンツに着替えた。どちらも丈は長かったけれど、九重さんは細身なので、それほどぶかぶかではない。

九重さんの匂いがする……。

まるで九重さんに抱きしめられているような感覚になり、私は一人で顔を熱くした。

脱衣所から出ると、九重さんはソファーの上に毛布を運んでいるところだった。

「所長、何をしているんですか？」

「僕はこっちで寝ようと思って。ベッドは七海さんが使ってくれはったらええよ」

「えっ！　そんな、申し訳ないです！　私がソファーで寝ます。所長がベッドに寝てください」

「女の子をソファーで寝かせられへんし」

「大丈夫ですから！」

何度も断っていると、

「……ほんなら、一緒に寝る？」

と、とんでもないことを言われ、私は硬直した。

「えっ、いっ、一緒？」

声が裏返った私を見て、九重さんが、ぷっと噴き出す。

「冗談や。嫌やったら、素直にベッドに行き」

「はいはい」と背中を押されて、寝室へ連れていかれてしまった。

掛け布団をめくって私を寝かせ、九重さんが優しく微笑む。

「今日は疲れたやろ？　ゆっくり休み」

ふわりと額を撫でた後、部屋の明かりを消して出ていく。

私は九重さんに触れられた額を押さえた。途端に恥ずかしくなり、布団の中に隠れる。

ちょっと触られただけなのに、なんでこんなにドキドキするの。

これじゃまるで九重さんに恋してるみたい。

上司との恋愛はもうしない。したくない、けど……。

悶々とする。それに、九重さんの抱える事情は複雑すぎる。

野狐に、九重さんの素性、前世、お役目……。

今日一日で、脳が処理しきれないほどの情報を与えられた気がする。

九重さんのお母さん、霊狐だって言ってたな……。どんな人なんだろう。常盤さんとまりなさんみたいに、霊狐と人間のカップルって意外と多いのかな？ それに、子どもも作れるんだ。半人半狐の九重さんも、寿命が長いのかな……。

もしそうなら、九重さんも多くの別れを経験しなければならないことになる。

それって、つらくないのかな……。

つらつらと考えているうちに、私はいつの間にか眠りに落ちていた。

＊

朝になり、私はベッドの中で目を覚ました。カーテンが少し開いていたのか、外の光が差し込んでいる。まだ柔らかな明るさだったので、日が昇った直後なのだろう。人の家に泊まり、緊張していたから、早く目が覚めたのかもしれない。

「ん、ん～……」

寝返りを打ち、起き上がろうとして——

「んっ……きゃーっ！」

私は悲鳴を上げた。

九重さんの綺麗な顔が、目の前にあった。

な、なんで九重さんが隣にいるの？　ソファーで寝るって言っていたのに！

混乱していると、九重さんが目を開けた。私の顔をぼんやりと見つめ、寝ぼけた声で挨拶をする。

「……おはよう……」

「所長、なんで隣で寝てるんですか！」

飛び起き、九重さんから距離を取って叫ぶように尋ねると、九重さんが、ぱちぱちと瞬きをした。

「あれ？　ほんまや……確かにソファーで寝たんやけどな……」

不思議そうな顔をしている。目をこすって半身を起こし、私をじっと見つめた。

「ああ、わかった」

ふっと九重さんが唇の端を上げる。

「寝ぼけて、七海さんの匂いに誘われてしもたんや」

そう言って、私の首元に鼻を寄せた。

「香りって、まさか……狐好みの、っていう……」

「うん。僕も半分狐やし、七海さんの香りには惹かれてしまう」

吐息が首筋にかかる。九重さんの笑みがあまりにも色っぽくて、私の心臓が、ばくんと音を立てた。体が熱を持ち、鼓動が速くなる。私はいてもたってもいられず、ベッドから飛び下りると、ベッドサイドに置いてあったバッグを引っ掴んだ。

「し、失礼しますっ！」

部屋を飛び出し、玄関に直行する。パンプスに足を突っ込み、扉を開ける。

逃げるようにマンションを出て、私は心の中で叫んだ。

何？　なんなの？　静まれ、私の心臓！

五条通（ごじょうどおり）の歩道を大股（おおまた）で進むうちに、朝のひんやりとした空気で、混乱していた私の頭が徐々に冷めてきた。

しまった……。部屋着のままだ。

ようやく、九重さんが貸してくれたラフなスウェットの上下のまま、飛び出してきたことに気が付いた。

スーツ、置いてきちゃった……。

取りに戻るのは……気まずい。

とりあえず、一旦寮に帰ろう。市バスに乗るのは、この格好だと恥ずかしいし……。それに始発もまだかもしれない。

「タクシーに乗ろう」と思い、探してみたものの、朝早いためか一台も走っていない。

うーん、見つかるまで、歩くか……。

寮まで距離はあるけれど、歩けないほどではない。

黙々と歩を進めながらも、間近で見た九重さんの整った顔を思い出すと、やはりまだ少し鼓動が速くなる。

所長って、本当に綺麗だよね。前世が、絶世の美女の『玉藻前』だったからなのかな……。

そんなことを考えていると、突然、背後から声をかけられた。

「すみません、お嬢さん」

振り向いたら、すぐそばに腰の曲がったおばあさんがいて、私を見上げていた。いつの間に近付いてきたんだろう。全く気が付かなかった。

朝の散歩かな？　老人は朝が早いって言うし。

「どうしました？」

不思議に思いながら尋ねると、おばあさんはにっこりと笑った。

「ちょっとお聞きしたいことがあって」

「はい、なんでしょう」

「あんた、あの男と一緒にいた女だな」

不意におばあさんの声が低くなり、口調も乱暴になった。

「えっ？」

聞き覚えのある声にはっとして身構える。目の前で、おばあさんの顔がみるみる険しくなった。

もしかして、昨夜の野狐！　おばあさんに取り憑いているの？

硬直した私に、おばあさんが飛びかかってきた。咄嗟に腕を上げて守ったけれど、左腕に噛みつかれた。

「痛っ！」

悲鳴を上げて、振り払おうとするものの、相手は噛みついたまま離れない。

「放してっ！」

口から牙（きば）でも生えているのか、スウェットの上から尖ったものが食い込んでくる。

痛みと恐怖で泣き出しそうになった時、誰かが駆けてくる足音が聞こえた。

一瞬九重さんが私を追いかけてきてくれたのかと思ったけれど、姿を現したのは一人の少女だった。少女は手に、何か棒のようなものを持っている。

誰？

少女は駆け寄ってくると、棒を引き抜いた。それは朱鞘の日本刀だった。少女の綺麗な長い黒髪がさあっと広がり、凜とした瞳が一片の迷いもなくこちらを狙う。そして抜き放った刀を振り上げた。

斬られるっ！

間近に迫った刃に恐怖を感じ、私は目を瞑った。

腕に食い込んでいた牙が外れた感覚がして、目を開けると、おばあさんは後ろに飛びすさっていた。少女の一撃は、おばあさんを私から引き離すためのものだったようだ。

しかし少女は攻撃の手を止めず、今度こそおばあさんの首元をめがけて刀を振り下ろす。

私は、「待って！」と、制止の声を上げた。

少女は首すれすれで刀を止めると、野狐に向かって、低い声で尋ねた。

「あなたは葛葉という狐を知っている？」

葛葉って、辰さんが聞かれたって言っていた狐の名前だ……！

野狐が首を横に振ると、少女の目がすっと細くなった。

「ならばさっさとその体から出ていきなさい。さもなくばこのまま斬る」

野狐は低く唸り、憎々しげに少女を睨み付けた。おばあさんの背中がぐぐっと盛り上がる。

昨夜の男性と一緒だ！

私は野狐に取り憑かれているおばあさんの様子を見つめた。目の前でおばあさんの衣服が限界まで膨らむと、パァンと音がして弾けた。黒い狐が飛び出してきて、さっと身を翻す。

取り憑いていた人から離れた……よかった。

「待て！」

少女は野狐を追おうとしたけれど、私のことが気にかかったのか、足を止めた。こちらを振り向き、日本刀を鞘に収める。ちらりと見えた柄の部分に、星のマークが刻まれていて、それが妙に印象に残った。

少女は、つかつかと私のそばまでやって来ると、手を差し出した。

「あなた、大丈夫？　腕、見せて」

私の腕を掴んで、スウェットの袖をまくり上げる。

「思っていたより軽傷ね。服の生地が分厚かったのかな」

そう言いながら、ポケットからハンカチを取り出し巻いてくれる。

「助けてくれてありがとう……。あなた、誰？　それに、その刀……ううん、それよりも、なんで野狐のことを知っているの？」

少女は私の顔をちらりと見ると、質問には一切答えず、問い返した。

「あなたも野狐の存在を知っているのね。それなら、葛葉っていう狐も知っている？」

私は一瞬迷ったけれど、首を横に振った。

「知らない」

この物々しい雰囲気の少女に、迂闊に情報を与えないほうがいいと判断したからだ。それに、私が葛葉さんの居場所を知らないのは本当のことだ。

「知らないんだ。ならいいわ」

少女は残念そうにそう言うと、溜め息をついた。なぜか怒りと寂しさを感じさせる彼女のまなざしが気になり、私は、「どうしてその狐を捜しているの？」と、尋ねた。

「そいつが私の——だから」

「えっ、何？」

少女の声が小さくて聞き取れなかった。目を瞬いて問い返したけれど、彼女はそれ以上、何も言わなかった。

私の腕にハンカチを巻き終え、きゅっと縛る。

「さあ、できた。帰って、早く消毒したほうがいいわ。化膿したら大変」

気遣ってくれた後、背中を向ける。

「もし今後、葛葉と名乗る狐を見かけたら伝えて。私——安倍叶奏が捜してるって」

そう言い残し、少女は去っていった。

野狐に襲われ、謎の人物、叶奏さんに助けられた後、私は警察を呼んだ。急に倒れたと嘘をついておばあさんを引き取ってもらう。救急車が来ておばあさんが運ばれていくのを見届け、私はタクシーを拾うと寮へ帰った。

なんだかとても疲れた……。

昨夜からの怒濤の展開で、頭も体もぐったりとしている。腕もズキズキと痛く、熱を持っていた。

皆はまだ眠っているだろうからと、静かに玄関扉を開けて中に入ると、リビングから葵君が現れ、私に飛びついた。

「結月、やっと帰ってきた！　昨夜、帰ってこなかったから、心配してたんだよ！」

私の体をぎゅうっと抱きしめる。

「痛っ！」

怪我をした腕に触れられたので、思わず悲鳴を上げた。血が滲んだスウェットに気が付いた葵君が顔色を変える。

「どうしたの？　もしかして結月、怪我してるの？」

体を離し、私の手首を掴む。袖をまくり上げて、鋭い表情を浮かべた。

「どこで怪我したの？　見せて」

私の了承を待たずに葵君はハンカチを外すと、腕にくっきりと残る歯型を見て、眉間に皺を寄せた。

「これ……歯型だよね。まるで狐に噛まれたみたいな尖った牙の痕だ。何があったの？」

「ちょっと、ね……」

何から話していいのかわからず、弱々しく微笑む。

「ごめん。まずは治療だね。消毒するからこっちに来て」

葵君に手を取られ、リビングに入る。葵君は私をソファーに座らせると、救急箱を持ってきた。

「染みるかも」

そう言いながら消毒薬をかけてくれたけれど、案の定、傷口に染みたので、私は顔をしかめた。

「痛い？　ごめん」

怪我をしたのは葵君のせいではないのに、申し訳なさそうな顔をして、こぼれた消毒薬と血を脱脂綿で拭き取ってくれる。大判の絆創膏を貼ってもらうと、ほんの少し痛みが引いた気がして、私はほっと息をついた。

「痕が残らないといいんだけど……」

心配そうな顔をしている葵君に強がってみせる。

「多少残っても平気だよ」

「駄目だよ！　結月の白くて綺麗な肌に歯型が残るなんて！　誰だ、結月に噛みついたやつ」

葵君は、憤懣（ふんまん）やるかたない様子で舌打ちをした。

「それなんだけどね……」

私は昨夜から今朝にかけての一連の出来事を葵君に話した。

話を聞き終えた葵君は、心配そうに私を見つめた。

「そんなことがあったんだ。大変だったね。しかも、蓮の家に泊まったって？　結月、蓮に何もされなかった？」

「な、何もないよ！」

動揺した私を、葵君が疑わしそうに見つめている。

「本当に？」

勢いよく頷く。けれど、九重さんの寝顔を思い出して、頬が熱を帯びた。

「蓮の正体を聞いたんだろ？　蓮の前世は、上皇を虜にした『玉藻前』だから、蓮も少なからず、人間を魅了する力があるんだ。蓮を見ているとドキドキしたり、ぼんやりしたりしない？」

葵君に問われ、心当たりがありすぎて驚いた。

「する……！　あれって、所長の力のせいだったの？」

私が九重さんに惹かれるのは、彼の前世の力が理由だったんだ……。

思い返すと千歳ちゃんたちと訪れたブランド店の店員や、『勢至堂』にいた老夫婦に対して、九重さんは魅了の力を使ったような素振り（そぶ）だった。

恋だと思っていた気持ちは、彼の魅了の力にあてられていただけなのかも。

「……」

落ち込んでいる私の肩に、葵君がそっと触れる。

「だから最初に『気を付けて』って言っただろ？」

「うん……」

あれはそういう意味だったんだ。九重さんに誘惑（ゆうわく）されないようにって……。

「これからは気を付けるね」

泣き笑いで答えたら、葵君は慰めるように私の肩を叩いた。

私は滲んだ涙を手の甲で拭い、「葵君は、安倍叶奏さんって何者だと思う？」と話題を変えた。

「十中八九、祓い屋だね。もしかしたら、昨日ホームページを見た『桔梗屋』じゃないかな」

「だよね。私もそう思う。彼女が捜してる葛葉さんってどこにいるのかな？　霊狐なのかな？　それとも野狐？　所長は安倍晴明のお母さんの『葛の葉』っていう狐かなって言っていたけど。……ん？　安倍？　そういえばあの子の名字も安倍だった……」

何か関係があるのかもしれない。

「『葛の葉』が生きているなら、きっと天狐クラスの霊狐だ。俺、稲荷山へ戻って聞いてくるよ。誰かが知ってるかもしれない」

立ち上がった葵君の顔を、心配な気持ちで見つめる。

「葵君はお山を出てきた身なんでしょ？　前に、大神様に見つかりたくないから、戻りたくないって言っていたのに、帰っても大丈夫？」

「たぶん、いい顔はされない。蘇芳様に見つかったら、嫌味を言われると思う。でも、緊急事態だし」

葵君が苦笑いを浮かべて肩をすくめる。

「後のことは俺に任せて、結月はゆっくり休んでいて」

「でも、叶奏さんのこと、所長に報告したほうがいいよね」

「稲荷山へ行く前に、俺から話しておくよ。じゃあ、行ってきます」

葵君は軽く手を振ると、リビングを出ていった。

私は、寝ている皆を起こさないように自室へ向かった。静かに扉を開けて中に入る。

ベッドに丸まって眠っていたゆきみちゃんが、私の気配に気が付き、目を覚ました。「お帰りなさい」と言うように、「コンッ」と鳴く。

私は布団をめくり、ゆきみちゃんの横に潜り込んだ。怪我をしていないほうの腕を上げて、瞼を押さえる。

『セカンドライフ』で働き始めたのは、私の意志じゃなかったんだろうか。九重さんが、『玉藻前』の力で、私の心を操っていたのだとしたら……。

そんな不安が私を落ち込ませていた。

なんで気付かなかったんだろう。

考えてみると、九重さんの態度や言葉に、時々「あれっ?」と感じることがあった。

「うっ……」

瞳が潤む。静かに泣く私に、ゆきみちゃんが寄り添い、心配そうに鼻をこすりつけてきた。

いつの間にか、私は眠っていたようだ。

コンコンと扉を叩く音がして、目が覚めた。撫子(なでしこ)さんか白藤(しらふじ)さんが、私を起こしに来たのだろうか。扉に向かって「誰？」と問いかけると、返ってきたのは、九重さんの声だった。

「七海さん、大丈夫？」

「……！」

「葵から話を聞いて、スマホに電話をかけたんやけど、かからへんかったから、心配になって様子を見に来てん」

私は飛び起き、バッグの中に入れっぱなしになっていたスマホを取り出した。いつの間にか充電が切れている。

「……すみません。充電が切れていました」

「うちを飛び出してから、野狐に襲われたんやろ？　怪我をしたって聞いてる。中に入ってもええ？」

心配そうに問いかける九重さんを、私は「駄目です」と拒否した。

今は彼と会いたくない。

「葵君に、所長の力のことを聞きました」

扉の向こうで九重さんが驚いている気配が伝わってきた。

「所長には『玉藻前』と同じ、人を魅了して、操る力があるんですよね？」

躊躇っているのか、長い間があり、ようやく九重さんの答えが返ってきた。

「……そうやで」

「……っ」

私は唇を噛んだ。できれば、否定してほしかった。

「でも、滅多に使わへん。人を操るなんて、よくないことやから。信じてほしい」

九重さんの乞うような声音に、胸がぎゅっと痛くなる。

私はベッドから下りると、扉に近付いた。細く開ける。

私の姿を見て、九重さんがほっとしたような表情を浮かべた。

「怪我の具合はどう？　本当にごめん。昨夜は、僕がタクシーで寮まで送ればよかった。まさか野狐が追ってくるなんて思わへんかった。迂闊やった」

つらそうに謝る九重さんに、私は「いいえ」と首を横に振った。

「私がマンションを飛び出したのが悪いんです。所長が謝ることはないです」

「病院には行った？」

「まだです。そんなに深い怪我じゃないですよ」

「あかん！　すぐに病院に行き！　僕が送っていくから。お願いや」

真剣な表情でお願いされ、私はこくんと頷いた。

九重さんにリビングで待ってもらい、身支度を整える。他の霊狐の皆は仕事に行っているのか、家の中に気配はない。私がゆっくり休めるように、葵君が皆に事情を伝えてくれたのかもしれない。

九重さんが呼んだタクシーで病院へ向かう。

「葵の言う通り、安倍叶奏は『桔梗屋』に間違いないと思う」

道中、車内で九重さんが話し始めた。

「安倍叶奏に接触してみようと思う」

「どうやってですか？」

「ホームページから依頼を出す」

「えっ！」

思い切った九重さんの計画を聞いて驚いた。

「もしかすると、その子は、葛葉の居場所を突き止めるために、野狐、霊狐関係なく、手当たり次第に襲ってるのかもしれへん。事情を聞きたい」

「野狐はともかく、どうして霊狐まで襲うんでしょう」

「彼女にとっては、悪狐、善狐、関係なく、どちらも狐に違いないということなんかもしれへん。なんや、敵意を感じるねん。放っておいたらあかん気がする。うちで働いてる霊狐全員に注意を促すわ」

厳しい表情を浮かべている九重さんを見て不安になる。

そんな私に気が付き、彼がそっと手に触れた。

「七海さんは心配しいひんでええよ。僕がなんとかするから」

微笑みに胸がとくんと鳴ったけれど、これもまた九重さんの魅了の力のせいなのだろうと思ったら、悲しくなった。

＊

それから三日が経って、人材派遣会社『セカンドライフ』の事務所に、げっそりした顔の葵君がやって来た。

「葵。稲荷山から帰ってきたんや」

「大神様と蘇芳様に見つからないよう、皆に話を聞いてくるの、マジで大変だった」

疲れている様子の葵君を見て、私はねぎらいの言葉をかけた。

「三日も調査をしてくれたんだ。お疲れ様」

するると、葵君は「ううん」と、軽く手を振った。

「めっちゃ急いで、一日で聞いて回ってきた。でないと、こっちの世界でどんどん時間が過ぎてしまうから」

「時間が過ぎる？」

「狭間の世界や高天原と、人間界は、時の流れが違うんだよ。大体、あっちでの一日が、こっちでの三日ぐらい」

「えっ！　そうなの⁉」

新たな事実を知って、目を丸くする。

「で、何かわかったん？」

九重さんは、早く調査結果を聞きたいようだ。

「うん。今から話すよ」

葵君が応接コーナーのソファーに座ったので、九重さんもそちらへ移動する。私は手早くお茶を淹れてから、ソファーへ向かった。テーブルの上に湯呑みを三つ置く。葵君は湯呑みを手に取ると、おいしそうにお茶をすすった。

「結論から言うと、葛葉というのは、かつて大神様に仕えていた天狐だった。今は、お役目を解かれているらしい。高天原にいるから、俺たち下位の霊狐は会ったことがない。空狐の一人が噂を知っていたんだ」

「噂？」

九重さんの目がすっと細くなる。葵君が、まるで悪い話をするように密やかな声で続けた。

「葛葉様はどうやら人間の男性と異類婚をしたみたいだ」

「それって、霊狐と人間が結婚したっていうこと？　じゃあ、その男性も高天原にいるの？」

身を乗り出した私に、葵君が頷いてみせる。

「そうだね。攫って連れてきてしまったらしいよ。その罪で、お役目を解かれたみたい」

「攫ってって、それってまるで神隠しじゃない……」

ある日突然人が消えたら、家族や友人は戸惑うに違いない。行方不明者届なども出されるのではないだろうか。

「その男性は、『安倍』という人なんとちがう？」

九重さんの質問に、葵君がもう一度頷く。

「安倍泰斗。たぶん、叶奏はその人に関係あるんだ。年齢からして、娘なんじゃないかな」

だんだん事情が見えてきた。叶奏さんが葛葉さんを捜しているのは、行方不明になったお父さんの手がかりを見つけたいからではないだろうか。

「なるほど。彼女が狐を襲う理由がわかった。憎んでるんや」

九重さんが難しい顔で顎に手を置く。

「注意してかからなあかんね。――『桔梗屋』からメールの返信が来てん。明日、会うことになってる」

どうやら、九重さんが出した偽の依頼に食い付いたらしい。

「場所は晴明神社」

その名前は知っている。安倍晴明を御祭神とする神社だ。

「もしかして叶奏さんって、安倍晴明に関係があるんでしょうか？　子孫とか？」

「狐祓いができるんや。可能性としては高いね」

私の推測に、九重さんが頷く。

「とにもかくにも、明日や」

「私も行きます！」

さっと手を上げた私を、九重さんが「えっ」と、驚いた顔で見る。

「日本刀で襲ってくる可能性がある。危ないし、あかん！」

止める九重さんの目をまっすぐに見つめる。

「私、一度、叶奏さんに会ってるんです。もうこの件に関しては関係者です。それに、男性ばかりで会いに行くより、女性がいたほうが、警戒されないと思いますよ」

　九重さんを説得するにはいい理由だと思ってそう言うと、彼は「確かにそうかもしれへん」とつぶやいた。

「ほんなら、葵を七海さんのそばに付けるわ。僕も警戒しておくけど、葵、七海さんが危なくないよう守るんやで」

　九重さんに言い付けられ、葵君が胸を叩く。

「任せておいてよ！」

　けれど、その日の夜――

　事件が起こった。


　夕食の時間を過ぎ、夜中になっても、撫子さんが帰ってこない。

「撫子、遅いわね。いつもなら、とっくに仕事から帰ってる時間なのに」

「残業でしょうか」

　皆で心配をしていると、不意に玄関でガタンと大きな音がした。びっくりして、皆、一斉に玄関のほうへ目を向けた。

「撫子さんが帰ってきたのかな？」

「何かおかしい。撫子があんな音を立てることはないよ」

確かにそうだ。撫子さんは楚々としていて、いつも行動や仕草が上品だ。

私と葵君が真っ先に立ち上がり、リビングを出て玄関へ向かった。すると——

「な、撫子さん！」

撫子さんが、上がり框に半身を乗せ、倒れ込んでいた。息は荒く、顔は真っ青だ。

「どうしたの！」

急いで駆け寄り、彼女のそばに膝をつく。すぐに、背中に何かで斬られた傷があることに気が付いた。服が破けて血が滲んでいる。まるで背後から襲われたような怪我に、血の気が引いた。

「し、しっかりして、撫子さん！　何があったの？　どうしよう……そうだ、救急車……！」

「待って、結月。俺たちが人間の病院に行くわけにはいかない」

動転している私を、葵君が止める。

「撫子！」

「撫子さん、もしかして、日本刀の少女にやられたのでは？」

白藤さんと常盤さんも玄関に出てきて、血相を変えた。

皆、九重さんから、「日本刀を持った、狐を襲う少女が出没しているから、気を付けるよろう。

うに」という内容の注意喚起メールをもらっている。常盤さんはそのことを思い出したのだ
「せっかく見つけたのに……伝えなきゃ、あの方に……」

撫子さんはうわごとのようにそう言った後、私たちの目の前で、白い体毛の小柄な狐に変貌した。変化を維持する力がなくなったのだ。

「結月。蓮を呼んで。撫子を稲荷山に連れていく」

「う、うん」

葵君に声をかけられ、私はリビングに駆け戻ると、テーブルの上に置いてあったスマホを手に取った。震える指で九重さんに電話をかける。すぐに通話が繋がり、彼の声が聞こえた。

「七海さん？」

その声を聞いた途端、目の奥が熱くなって、

「しょ、所長。助けてください……！」

私は涙声で、九重さんを呼んだ。

まもなくして、九重さんが寮にやって来た。部屋に飛び込んできた九重さんは、ソファーの上でぐったりしている撫子さんを見て、険しい表情を浮かべた。足早に近付いてきて、傷

口を確認する。

「スパッとやられたはるね……これはちょっとまずいな……」

「蓮。稲荷山に連れていこう」

葵君の提案に九重さんが頷き、素早く指示を出す。

「それがええやろね。葵、ついてきて。白藤さんと常盤さんは、ゆきみちゃんと一緒に、ここで待機してて。七海さん、バスタオルたくさん持ってきて」

私が両手いっぱいのバスタオルを持って戻ると、九重さんがタクシーを呼んでいた。撫子さんをタオルでぐるぐると巻き、タクシーの到着を待つ。

怪我をした動物を抱えた状態で乗せてくれるのだろうかと心配したけれど、迎えに来たタクシー運転手は親切で、「獣医に行く」と話したら、「自分も犬を飼っているから心配な気持ちはわかる」と、快(こころよ)く私たちを乗せてくれた。

伏見稲荷大社(ふしみいなりたいしゃ)に着いた頃には日付が変わっていた。私たちは真っ暗な中、参道を足早に歩き、稲荷山に向かった。

『千本鳥居(せんぼんとりい)』を抜け『奥社奉拝所(おくしゃほうはいしょ)』を通り過ぎ、さらに山へ入っていく。

『熊鷹社(くまたかしゃ)』のお塚群までやって来ると、九重さんは迷うことなく奥へ進み『谺ケ池(こだまがいけ)』の前で立ち止まった。

しんと静まりかえった『谺ケ池』に向かい、朗々と名乗る。

「九重蓮。九尾の名のもとに、ここに天狐を召喚する」

九重さんが手を打つと、パンという音が谺し、背後から聞き覚えのある声が聞こえた。

「九尾の小僧ごときが天狐を呼び付けるとは無礼な。何用じゃ？」

驚いて振り向くと、そこにいたのは、白い着物に赤い帯を巻いた美しい女性――蘇芳さんだった。

蘇芳さんは、九重さんから葵君に視線を移し、彼が抱える撫子さんを見て、さっと顔色を変えた。

「撫子……！」

撫子さんに駆け寄る。

「これは一体どうしたこと……」

「おそらく、祓い屋に襲われたんやと思います。守護者でありながら目が行き届かず、申し訳ありません」

九重さんは深々と蘇芳さんに頭を下げた。蘇芳さんが九重さんを睨み付ける。

「ほんに、その通りじゃな。大神様の大事な眷属を預けておるというのに、九尾の小僧よ、体たらくも甚だしい」

厳しい声音で叱責され、九重さんが苦しそうに謝罪した。

「……面目次第もありません」

「犯人を捕まえよ。そやつをここに引きずってくるまで、そなたを許さん」

「はい」

沈痛な面持ちで頷く九重さんを見て、胸が痛くなる。九重さんは、きっと深く後悔している。

「撫子。そなたを高天原へ連れていこう」

蘇芳さんは愛しそうに撫子さんの顔を撫でると、葵君の腕から、撫子さんの体を受け取った。

「あのっ……蘇芳さん。撫子さんは助かりますか？」

私は勇気を出して蘇芳さんに問いかけた。蘇芳さんがキッと振り向く。

「助けてみせるに決まっておろう」

きっぱりとした口調で答えると踵を返し、お塚群の中へ戻っていく。

「蘇芳さん、よろしくお願いします！」

私の声が届いたかどうかはわからない。お塚が邪魔になり、蘇芳さんの姿は見えなかった。

高天原へ戻ったのかな……。大神様に撫子さんのことをお願いしに行ったのかも。

私は高天原にいるという宇迦之御魂大神に向かって「どうか撫子さんを助けてください」と祈った。

目を閉じて両手を合わせていると、ぽんと肩に手を置かれた。目を開けると、九重さんが間近で微笑んでいた。

「撫子さんは大丈夫やで。大神様が助けてくれはる」

「本当ですか？」

不安な気持ちで尋ねた私に、九重さんが確かな答えを返してくれる。

「うん、必ず」

私はほっと息をついた。

「……私、何もできなかった」

苦しんでいた撫子さんの姿を思い出し、唇を噛んだ。手遅れになっていたらと思うと、ぞっとする。

「それは僕もや。——僕らにできることは、撫子さんを襲ったであろう安倍叶奏を捕まえることや」

九重さんは真剣なまなざしでそう言った後、手をぐっと握り締めた。

「撫子はどこで叶奏と遭遇したんだろう。仕事帰りかな」

葵君が漏らした疑問を聞いて、私は、ふと、撫子さんが変化を解く前に口にした言葉を思い出した。

「葵君、もしかしたら撫子さん、自分から叶奏さんに接触したのかも……」

「どういうこと？　結月」

「撫子さん、うわごとで、『せっかく見つけた』って言ってた。ほら、葵君、前に教えてくれたでしょ？　撫子さんが誰かを捜しに人間界に出てきたって」

「確かに。人間界で働きたい理由を聞いたら、捜したい人がいるからだって言ってた。その時、それが誰かは教えてくれなかったけど。じゃあ、撫子は叶奏を知ってたってこと？」

私と葵君の会話を聞き、九重さんが思案の表情を浮かべる。

皆、それぞれに考え込み、沈黙が落ちた。

しばらくして、九重さんが口を開いた。

「とりあえず、今夜はもう何もできひん。お山を下りよか」

私たちを促し、歩き出す。その後に続いて鳥居の中を進みながら、私は周囲のお塚群に目を向けた。

別世界のようなこの風景が、実際に異世界に繋がっているだなんて、子どもの頃の私は考えもしなかった。

狭間の世界や、高天原ってどんなところなんだろう。半人半狐の所長は、行ったことがあるのかな……？

ふと、先に立って鳥居の中を下っていく九重さんの背中を遠く感じ、私は思わず彼の服を掴みかけ——手を止めた。

「七海さん、ついてきてる？　暗いし、足元に気を付けて」

「はい、大丈夫ですよ」

気遣ってくれる九重さんに微笑みかけ、私は伸ばした腕をそっと下ろした。

あのマークは、なんだか神社っぽくないなぁ。

晴明神社（せいめいじんじゃ）の一の鳥居に掛かる五芒星（ごぼうせい）の額（がく）を見上げ、私はそんな感想を抱いた。社紋（しゃもん）にしてはモダンなデザインに感じる。額の中の一筆書きで描かれたような五芒星は、『晴明桔梗（せいめいききょう）』と呼ばれているらしい。

「安倍晴明（あべのせいめい）が御祭神の晴明神社かぁ。初めて来ました」

「安倍晴明は、術を使って葉っぱで蛙（かえる）を潰したとか、すぐそこの『一条戻橋（いちじょうもどりばし）』の下に式神を隠していたとか、様々な伝説があるね」

そう説明をしながら、九重さんが鳥居を潜る。

私の背中でリュックがごそごそと揺れた。今日はゆきみちゃんも一緒だ。白藤（しらふじ）さんと常盤（ときわ）さんは仕事に行っている。ゆきみちゃんには、寮でお留守番をしておいてもらおうと思ったのだけれど、いつもは聞き分けがいいのに、今日はなぜか私にしがみついて離れず、仕方がないので連れてきた。

二の鳥居には五芒星ではなく『晴明社』と書かれた額が掛かっていた。さらにそこを潜り、境内に入る。境内はそれほど広くはなく、拝所には、やはり五芒星の描かれた御神燈が吊されていた。お社の屋根にも五芒星があしらわれている。

「お星様、きらきらきらって感じ」

「お星様、きらきらって。何それ」

私の感想に、葵君が噴き出した。

「晴明公に手を合わせよか」

九重さんに倣い、二拝二拍手一拝と、作法に則り参拝をする。

境内には、私たちの他にも参拝者がいて『厄除桃』に触れたり、安倍晴明の伝説が紹介された『顕彰板』を読んだりしている。

「ここに安倍叶奏さんが来るんですか？」

「待ち合わせは『一条戻橋』や。ここからすぐの場所にある」

私たちは境内を出ると、晴明神社から堀川通を少し南へ下った場所にある『一条戻橋』へと向かった。

「『一条戻橋』には様々な伝説があるんやけど、三善清行の葬列が橋を通った時に清行が一時的に生き返ったという話や、渡辺綱が鬼の腕を切り落とした話が有名やね」

堀川通を歩きながら、九重さんが『一条戻橋』の伝説を教えてくれる。

「安倍晴明が式神を橋の下に隠していたっていうのは？」

「晴明は式神という使い魔を使役してたんやけど、奥さんが式神の顔が怖いって言わはるから、橋の下に隠して、必要な時に呼び出してはってん」

『一条戻橋』は、様々な伝説に反して意外と新しい普通の橋だった。ここで人が生き返っただの、橋の下に式神がいただのという話は、まるで信じられない。欄干のそばに寄り、下を覗いてみると小川が流れていた。

しばらく橋の上で待っていると、制服姿の少女が堀川通を歩いてきた。私たちのそばまでやってきた少女は一礼し、丁寧な口調で名乗った。

「今回、依頼をくださった九重蓮さんですね。私が『お祓い桔梗屋』の安倍叶奏です」

そして、葵君と私に目を向けて、「あっ」と驚きの声を上げた。

「あなた……あの時の」

どうやら叶奏さんは、野狐から助けた私のことを覚えていたようだ。

「その節は助けてくれてありがとう」

私は改めてお礼を言った。叶奏さんが撫子さんを傷付けたのだとしたら許せないけれど、助けてもらった恩がある。

「どういうこと？　あなたたちは一体……？」

警戒した表情になった叶奏さんに、九重さんが、ふっと笑ってみせる。

「かんにん。依頼っていうのは嘘や。今日はあなたに聞きたいことがあって来てん」

すっと目を細めた九重さんは、切り込むように問いかけた。

「あなた、なんで狐を襲って回ってはるん？」

叶奏さんの表情が強ばる。彼女は九重さんを睨み返した。

「狐だから。それ以外に理由なんてない」

「ちょっと待って！　なんで手当たり次第に襲うの？　あなた、狐と見れば野狐も霊狐も関係なく襲ってるでしょ？」

私の質問に、叶奏さんは「霊狐？」と言って鼻で笑った。

「狐に善悪なんてない。狐は人を害する悪魔よ」

「そんなことない！」

私は思わず大声を上げた。九重さんと葵君が驚いた顔で私を見ている。

「いい狐だっている！　人間界が好きで、人間が好きで、人と同じように一生懸命働いて、ここで生活している子もいるもの！」

葵君、撫子さん、常盤さん、白藤さん。寮の皆は、既に私の家族だ。

「いい狐がいるだなんて、私は信じない」

頑なに首を振った後、叶奏さんは九重さんと葵君に視線を向けた。

「あなたたちも狐ね。獣臭い臭いがプンプンする」

葵君が不愉快そうに顔をしかめた。九重さんは敵意ある叶奏さんのまなざしをまっすぐ受け止め、静かに答える。

「あなたは狐を見分ける鼻を持ってはるんやね。……僕は半人半狐やねん。でも、あなたの先祖もそうなんと違う？」

九重さんの口調は、皮肉めいている。

「……そうよ」

叶奏さんは九重さんから視線を逸らし俯くと、唇を噛んだ。そして、悔しそうに叫んだ。

「だからお父さんは目を付けられた！」

「目を付けられた？」

首を傾げると、叶奏さんはまるで私が犯人であるかのように、鋭いまなざしでこちらを見た。

「葛葉って狐に、お父さんは攫われてしまった」

「そのこと、詳しく教えてくれへん？」

質問した九重さんを睨み付け、叶奏さんは怒りを抑えた口調で語り出した。

「私にはお母さんがいないの。赤ちゃんの時に死んでしまったんですって。お父さんとずっと二人で暮らしてきたけど……。私が七歳の時のことよ。お父さんと一緒に伏見稲荷大社に行ったの。その日は初午の日だったから、『しるしの杉』をもらいにたくさんの人が来ていたわ。お父さんと一緒に『千本鳥居』の右の道を抜けて、『奥社奉拝所』でお山に手を合わせた。そして、今度は左の道から戻ろうとした」

そこで叶奏さんは言葉を区切り、過去の記憶を思い出すのがつらいのか、ぎゅっと目を瞑った。気持ちを落ち着けるように一度息を吐くと目を開け、話を続けた。

「帰りの鳥居の中は誰もいなくて、朱い空間を、私とお父さんは二人で歩いた。長い長い道だった。いつまでも出口が見えなくて。そうしたら、目の前に白い狐がいたの。お父さんのことをじっと見つめていた。狐は私たちのそばまで来ると、女の人に変わって、お父さんの手を取った。『愛しい保名様、ようやく見つけました。葛葉です』と言って、綺麗な顔で笑ったわ。お父さんは、魂が抜けたようにぼうっとしていた。……気が付いたら私は一人ぼっちで、鳥居の中に取り残されていたの」

そこまで話すと、叶奏さんは悔しそうに両手を握った。

「私はずっとあの女狐を捜していた。お父さんを取り戻したくて……。ようやく手がかりを見つけたと思ったのに、撫子とかいう女が、お父さんはもうこちらには戻ってこないと言いに来た！」

撫子さん、叶奏さんに会いに行ったんだ！

あの夜、何があったのかと、問いかけるよりも早く、叶奏さんは腹立たしげに声を荒らげた。

「あの女は、お父さんの伝言を伝えに来たのだと言った。お父さんは『二度と会うことはできないけど、どうか元気で』と言っていたと……。無理矢理攫われたのに、二度と会えないなんて、嘘よ！　狐の世界に連れていけと迫ったら、無理だと断られた。だから斬ってやったわ！」

やはり撫子さんは叶奏さんを捜していて、叶奏さんが彼女を斬ったのだ。

「おそらく叶奏さんのお父さんは、霊狐である葛葉と契ったんや。もう、こっちには戻ってきはらへん覚悟なんやろ……」

九重さんの残酷な言葉を聞いて、叶奏さんが、「嘘よ！」と叫ぶ。

「嫌よ！　私はお父さんに会いたいの！　もう一人ぼっちは嫌なのよ……！」

目に涙を溜める叶奏さんを見て、胸が苦しくなる。撫子さんを斬ったことは許せない。けれど、彼女にも事情があったのだ。

「所長。なんとかできないんですか？　叶奏さんをお父さんと会わせてあげる方法はないんでしょうか？」

私は九重さんを見つめた。九重さんが腕を組み、考え込む。

「……一つだけ、あるかもしれへん」

「本当？」

叶奏さんが、バッと顔を上げた。九重さんに近付き、シャツを掴む。

「それなら、会わせてよ！　お父さんを葛葉から取り戻したいの！」

「何匹もの狐を傷付けてきたあなたや。危険もあるし、難しいと思う。それでもええの？」

九重さんの問いかけに、叶奏さんが頷く。

「お父さんに会えるなら、命だって惜しくない」

「そこまでの覚悟があるなら――連れていくわ」

叶奏さんの手を外しながら、九重さんが言った。服を整え、私たちについてくるよう目で促す。

「行くってどこへ？」

堀川通に出て、タクシーを拾おうと手を上げた九重さんの隣に並び、私は問いかけた。

「稲荷山（いなりやま）や」

「稲荷山？　もしかして、叶奏さんを蘇芳さんのところへ連れていくんですか？」

「できれば、蘇芳さんに会わずに済ませたい。狐が襲われていた件でかなり怒ってはったから、叶奏さんを見たらその場で罰しかねへん」

九重さんがそう言うと、葵君が肩をすくめた。

「難しいと思うけど……あの人、聡いし」

「協力者を呼ぶから、その人がきっとうまいことやってくれはる。たぶん……」

ふっと唇の端を上げた九重さんは、やや自信なさげだ。

目の前にタクシーが停まった。扉が開く。

「叶奏さん、乗って」

九重さんが叶奏さんを振り返って促した。叶奏さんが硬い表情のまま、タクシーに乗り込む。私はリュックを下ろして前に抱え、その後に続いた。葵君が私の隣に座る。

助手席に乗った九重さんが運転手に「伏見稲荷大社まで」と告げると、タクシーは静かに走り出した。

車窓から外を眺める叶奏さんを盗み見て、私は「彼女は今、一体何を思っているのだろう」と考えた。

＊

伏見稲荷大社の鳥居の前でタクシーが停まると、私たちは車を降りた。

表参道を通り、一対の狛狐が守る楼門を潜る。

今日は本殿にも立ち寄らず、足早に稲荷山に向かう。

鳥居の中の道をどんどん上っていく。

『千本鳥居』『奥社奉拝所』を抜け『熊鷹社』の前まで辿り着くと、九重さんはまっすぐにお塚群の間に入っていった。

日暮れの時間帯のためか、観光客の姿はない。お塚群の最奥まで来ると、九重さんは『谺ケ池』に向かって手を打った。

「九重蓮。九尾の名のもとに、ここに天狐、薄雪を召喚する」

朗々と呼ばわると、

「蓮」

鈴を転がすような声が、九重さんの名前を呼んだ。

いつの間にか、私たちの前に薄水色の着物を着た女性が立っていた。九重さんに雰囲気が似ている。透き通るような白い肌に、絹糸のような黒髪。目も鼻も口も、全てのパーツが整っていて、完璧な美しさなのに、不思議と冷たさはない。

私は以前、九重さんが女性だったら、傾国の美女になってもおかしくないと思ったけれど、今目の前にいる女性は、まさに一国と引き替えにしても惜しくないほどの凄まじい美女だった。

「お母さん。来てくれはったんですね」

女性に見惚れ、呆然としていた私は、九重さんの言葉で我に返った。

えっ！　この人が九重さんのお母さん？

目の前の女性は、どこからどう見ても二十代で、姉弟と言われたほうがしっくりくる。

「息子が呼べば来ますよ。母ですから」

九重さんのお母さん——薄雪さんはそう言って微笑んだ。

そして、私と葵君、警戒心をあらわにしている叶奏さんに目を向けた。

「葵、久しぶりね。それから、そっちの子たちは人間なのね。彼女たちは、あなたの事情を知っているの？」

小首を傾げた薄雪さんに、九重さんが説明する。

「こちらの七海さんは僕の正体を知ってはる。あちらの叶奏さんのことで、お母さんに頼みがあるねん」

「叶奏さんのお父さんは、そっちの世界にいたはるみたいやねん。どうにかして、叶奏さんとお父さんを会わせてあげたいんやけど、お願いできひん？」

九重さんの頼みを聞いて、薄雪さんは唇に指を当てた。再び可愛らしく小首を傾げる。

「まあ、何かしら」

「それは、葛葉の連れ合いのことかしら」

「そうやで。お母さん、知ってはるん？」

「葛葉は同じ天狐だもの。彼女は話さないようにしているけど、葛葉が人間の男性と婚姻したということは、公然の秘密なのよ。人間を高天原に攫うなんて、本来なら許されない罪だわ」

薄雪さんはそう言って、悲しそうに目を伏せた。

私はふと、九重さんのお父さんのことが気になった。

九重さんは半人半狐。お父さんは人間だ。薄雪さんは『人間を高天原に攫うのは許されない罪』だと言った。それならば、九重さんのお父さんは、薄雪さんと一緒にいるわけではないのだろうか……？

けれど、今はそれを尋ねられる雰囲気ではなく、九重さんと薄雪さんのやり取りを、無言で見守る。

「蓮だけならこちらに来ることができるでしょう？　彼女たちは……難しいかもしれないけれど」

「だからお母さんを呼んでん。高天原まで道を開けてほしい」

薄雪さんは考え込んだ後、頷いた。

「……いいわ。連れていきましょう」

「高天原まで道を開けるって、所長、どういう意味……」

「七海さん、手を貸して」

戸惑っている私の手を、九重さんがぎゅっと握った。

「あなたも手を出して」

薄雪さんが、硬い表情を浮かべている叶奏さんへ手を差し出す。叶奏さんは、警戒し、びくっと体を震わせたけれど、

「大丈夫。何もしないわ。お父さんに会いたいのでしょう？」

と、薄雪さんが優しく声をかけると、おずおずと手を取った。

「さあ、行きましょう」

手を繋いだ薄雪さんと叶奏さんがお塚の間を進む。葵君が身軽な動作でその後を追い、最後に私と九重さんが続いた。

神の名が刻まれた石の間を、私たちは歩く。奉納された数多の鳥居の間から、誰かが見つめているような気がして、私は不意に怖くなった。九重さんのほうへ身を寄せると、私の手を握る力が強くなった。

「大丈夫やで。僕がついてるし」

迷路のように入り組んだ、石と鳥居の森はどこまでも続く。

気が付くと、私たちは無数に連なる鳥居の中を歩いていた。まるで朱いトンネルだ。

『千本鳥居』みたいだ……。

鳥居と鳥居のわずかな隙間から見える向こう側は、白い空間が広がっているだけで、何もなかった。鳥居の内側からも外側からも、なんの音も聞こえない。静寂。隣を歩く九重さんに、この場所や自分たちはどこに向かっているのか、質問したかった。けれど、息をするのも憚られるような静けさの中で、声を出すことを躊躇った。

緊張したまま歩き続けていると、正面に光が見えてきた。出口のようだ。

ようやく、外に出られる。

ほっと肩の力を抜きかけた私の耳元で、九重さんが囁いた。

「ここから先は、絶対に手を離したらあかんで。そうやないと、危ない目に遭うかもしれへん」

「は、はいっ」

緩みかけた気持ちを、再び引き締める。

トンネルの端まで来た。眩しい光の中へ、私たちは踏み出した。すると——

「雀の丸焼きあるよー！」

「いなり寿司、できたてだよ！」

「味噌せんべいはいらんかね？」

今までの静寂が嘘だったかのように、突然、喧噪に包まれた。トンネルの外は古い建物が軒を連ねる商店街になっていて、祭りの縁日のように活気が溢れていた。どこからか、タレの香ばしい匂いと、煙が漂ってくる。どうやら、あちらの店で、雀の丸焼きを売っているようだ。

「雀の丸焼きのお店って、伏見稲荷大社の前にもあったっけ……」

商店街には、たくさんの人が行き交っている。着物姿の人が多いけれど、洋服を着ている人もいる。頭に狐の耳が生えている人、ふさふさした尻尾が見えている人など様々だ。

「所長。ここ、どこですか？」

「ここは霊狐が住んでる、高天原と人間界の狭間の世界や」

九重さんの答えを聞いて、不思議と素直に納得した。

「人間の私たちが来ても大丈夫なんですか？」

「よくはないね。見つかったら騒動になる。だから、手と手を繋いで、七海さんの気配を僕が消してるねん。叶奏さんのほうは、お母さんが消してくれてはる」

どうやら私の持つ人間の気配を、九重さんが霊狐の力で上書きしてくれているようだ。

彼は半分霊狐だから、ここにいても平気なんだ。

堂々としている九重さんを見て、そう考えた。

前を歩く叶奏さんは、しきりに周囲を見回している。見たこともない世界に連れてこられて、驚いているのかもしれない。

商店街を抜け、さらに歩いていくと、民家らしき建物が増えてきた。狭間の世界の町は、京都の町と同じように、碁盤の目のような造りになっている。民家は町家が多く、現在は昔の建物が減りつつある京都も、かつてはこのような様子だったのだろうかと、私は想像を巡らせた。

辻をいくつか曲がると、大路へ出た。大路の正面には、壁で囲まれた、木々が生い茂る空間があった。一ヶ所に、大きな門が見える。

まるで御所みたい。

薄雪さんの先導で、門の前に辿り着いた。見上げるほど大きな門は閉ざされていて、上部に紙垂（しで）の垂れ下がった注連縄（しめなわ）がかけられていた。

かなり長い間歩いてきたので、足に疲労が溜まっている。叶奏さんのお父さんがいる場所はまだ先なのだろうか。一体どこまで行くんだろう。

「さあ、この先へ進みましょう」

薄雪さんが両手を上げ、門に触れた。彼女の細い腕ではびくともしないのではないかと思った門は、自動扉のように内側に開いた。

門の中には森が広がり、白い玉砂利（たまじゃり）が敷き詰められた道が続いていた。道は長く、その先に何があるのか、この場所からはわからない。けれど、格式の高い神社の境内に入った時のような厳（おごそ）かな空気感に、私の体が緊張で震えた。叶奏さんも雰囲気に呑まれているのか、表情が強ばっている。

「行きましょう」

薄雪さんが叶奏さんの手を引いた。叶奏さんが我に返り、薄雪さんと共に歩き出す。

「僕らも行くで」

「は、はいっ」

私と九重さんも門を潜る。少し歩いてから、葵君がついてきていないことに気が付いた。

「あれ？　葵君は？」

振り返ると、門の向こう側から手を振っている。

「葵君！　どうして来ないの？」

葵君に呼びかけると、声が返ってくる。

「俺はこれ以上先には行けないんだよ！」

どういうことだろうと首を傾げている私に、九重さんが耳打ちした。

「葵はまだ位が低いから、高天原には入れへんねん」

「えっ？　そうなんですか？」

「高天原は神様の世界やしね。位の低い霊狐は入ることを許されてへん」

「じゃあ、私たちも入ったら怒られるのでは……」

青くなった私に、九重さんが悪戯っぽい笑みを向ける。

「ほな、帰る？」

試すように問われて、私は表情を引き締めた。

「帰りません。行きます」

私は九重さんの手を離すと、背中のリュックを下ろした。ファスナーを開けて、ゆきみちゃんを抱き上げる。位の低い霊狐が高天原に入ることが許されていないのならば、ゆきみちゃんだって、きっとそうだ。

「ゆきみちゃんは、葵君とお留守番をしていて」

撫でて言い聞かせたら、ゆきみちゃんはいやいやをするように頭を振った。

「神様に罰せられちゃうよ。そんなの駄目だから」

お尻を軽く押して出ていくように促したけれど、ゆきみちゃんは私の足に、ひしとしがみついた。どうしても離れないという意志を感じ、困って、九重さんを見上げる。

「どうしましょう、所長」

「仕方ない。連れていこか」

「いいんですか？」

「この子の意志や」

九重さんがゆきみちゃんを片手で抱き上げる。

そして、私の手を握り直すと、力を込めた。

「行くで。この先が、神様のいらっしゃる世界や」

「はいっ！」

玉砂利の道を歩き出す。不思議と怖くはなかった。きっと、九重さんが隣にいるからだ。

どこまでも続くように思えた玉砂利の道が途切れ、気が付いた時には、私たちは風光明媚な山の麓に辿り着いていた。山間に、たくさんの神殿が建っている。

「すごい……！　あそこに神様たちが住んでいるんですか？」

人間の身で、神々が住まう地に来てしまったと興奮している私を見て、薄雪さんが笑った。

「そうよ。あそこに神様がいらっしゃるの。こっちに来て」

薄雪さんは山へは登らず、坂道を下り始めた。この先には、天狐が暮らす村があるらしい。うねる道を歩いていくと、金色の稲穂が揺れる田が見えてきた。真ん中に、小さな家が建っている。薄雪さんは、まっすぐに、その家へ向かう。

畦道を進んでいると、前方に見覚えのある少女の姿が見えた。小柄で華奢な体。ツインテールの髪型。着物を着ているけれど、あれは撫子さんだ。

「泰斗さん、申し訳ありません」

撫子さんのそばには、白い袴姿の男性が立っていた。年の頃は三十歳過ぎといったところだろうか。深刻な表情で、撫子さんと会話をしている。

「謝らないでください、撫子さん。私が無理なお願いをしたんですから」

男性の姿を目にした途端、叶奏さんが「お父さんっ」と声を上げ、薄雪さんの手を振り払い、駆け出した。

「あっ、叶奏さん！」

私も九重さんの手を放すと、叶奏さんを追って走り出した。九重さんと、彼の手から飛び下りたゆきみちゃんもついてくる。

「お父さんっ！」

大きな声で、叶奏さんが男性を呼ぶ。畦道にいた男性がパッと振り返り、目を見開いた。

「叶奏？」

叶奏さんは、お父さんの胸にまっすぐに飛び込んでいくと、感極まったのか、声を上げて泣いた。

「お父さん、お父さんっ！　うわぁぁん！　ずっと、ずっと、捜していたの……！」

叶奏さんが、もう離さないというように泰斗さんに抱きつく。

「叶奏……叶奏なんだね？　こんなに大きくなって……。まさかもう一度会えるなんて……」

泰斗さんも力強く叶奏さんを抱きしめ返す。

「撫子さん！」

私が撫子さんのそばへ駆け寄り名前を呼ぶと、父娘の再会に目を潤ませていた撫子さんが驚いた表情で振り返った。

「七海さん！　蓮さんまで！　どうしてここへ？」

「僕が連れてきてん」

九重さんが手短に、これまでの経緯を説明する。

「そういうことでしたか」

「撫子さん、怪我は大丈夫？」

心配になって聞くと、撫子さんは微笑んだ。

「もう大丈夫です。大神様のお力で、治していただきましたから……」

撫子さんは感謝するように胸の前で手を合わせた。

「これって一体、どういうことなの？　撫子さんと泰斗さんは知り合いだったの？」

なぜ二人が一緒にいたのかわからず、首を傾げる。撫子さんは申し訳なさそうに頭を下げた。

「黙っていてすみません、七海さん、蓮さん。実は私の母は、葛葉なのです」

衝撃の事実に、私は「えっ！」と声を上げた。

「撫子さんが葛葉さんの娘？　じゃあ、お父さんは？」

「天狐でしたが、既に亡くなっています。大神様のお役目で人間界に出た時に、誤って猟師に撃たれました。もう数百年も前のことです」

「そうだったんだ……。ええと、葛葉さんが叶奏さんのお父さんと異類婚をしたのは、何年前になるの？」

　叶奏さんは七歳の時にお父さんが行方不明になったと話していた。叶奏さんが公立高校の制服を着ているところを見ると、お父さんと別れてから十年ぐらい年月が経っていることになる。けれど、今目の前にいる泰斗さんは、高校生の娘がいる年齢には見えない。

「こちらの世界では、三年ほど前のことになりますね。人間界より時の流れが緩やかですから」

　そうか、こっちの一日が向こうの三日ぐらいって話だったっけ。

　私は急にぞっとした。早く帰らないと、浦島太郎になってしまうわけだ。

「母の葛葉は、昔、安倍保名という方と異類婚をした葛の葉狐です。保名様との間にできたのが、希代の陰陽師、安倍晴明様。泰斗さんはその晴明様の子孫なのです」

　撫子さんの説明に、私と九重さんは黙って耳を傾ける。いつの間にか薄雪さんもそばに来ていて、私たちの話を聞いていた。

「母は保名様と別れた後、私の父と一緒になりましたが、かつての夫、保名様のことが忘れられずにいました。父が亡くなった後、保名様の子孫を捜し、保名様の生まれ変わりである泰斗さんを見つけて、高天原に攫ってきてしまったのです。母に心を寄せてくださった泰斗さんは、夫婦の契りを交わしました。そして、母と共に高天原で生きると言ってくださったのです」

私たちの話が聞こえたのだろう。叶奏さんと再会を喜び合っていた泰斗さんがこちらを見た。

「幼い叶奏を置いてきてしまったことは、浅はかだったと思っています。そのことを、私はずっと後悔していました。だから、無理を承知で撫子さんにお願いしたのです。どうか叶奏を見つけてほしいと。そしてあの子が今どうしているのか、教えてほしいと頼みました」

「お父さん、帰ろう。一緒に帰ろう。私、一人で寂しかった。お父さんと一緒にいたいよ」

涙に濡れた目で、叶奏さんが泰斗さんに訴える。

泰斗さんは苦しそうに眉を寄せ、首を横に振った。

「……それは、できない。葛葉を置いてはいけない。彼女は孤独な人なんだ。恋人だった保名と再会したくて、彼が生まれ変わるのを何百年も待っていた。それに、叶奏には、人間の世界で普通の人生を歩んでほしいんだ」

「普通の人生なんていらない！　お父さんは私のことが大切じゃないの？」

しがみついて泣く叶奏さんの頭を、泰斗さんはなだめるように何度も撫でている。

「所長、どうにかできないんでしょうか……」

せっかく再会できた父娘を、一緒にいさせてあげたい。

「そやね……。何か方法はないやろか……」

九重さんがつぶやいた時、ぞっとするような冷たい声が聞こえた。

「ようやく犯人を連れてきたか！」

驚いて振り返ると、烈火のごとく怒っている蘇芳さんと、初めて見る女性が立っていた。美しいけれど、儚く、線が細い印象の人だ。

「葛葉……！」

泰斗さんが女性を呼んだ。葛葉さんは泰斗さんの腕の中にいる叶奏さんを見つめ、淡々とした声で話しかけた。

「父御が恋しくて来たのね」

「葛葉さん、これは……」

私は今の状況を説明しようと口を開いた。叶奏さんがどんな思いでここまで来たのか、そして、泰斗さんの後悔について――

けれど、それよりも早く、蘇芳さんが目にも留まらない速さで叶奏さんに近付くと、首を掴んだ。そのまま、ギリギリと絞め上げる。

「この場で捻り殺してもよいが、まずは、撫子の足元に這いつくばらせて謝罪させねば気が済まぬ」

叶奏さんが苦しそうにもがいているのを見て、私は咄嗟に蘇芳さんの腕に飛びついた。

「やめてください、蘇芳さんっ！　そんなことをしたら、叶奏さんが死んでしまいます！」

「叶奏！」

泰斗さんが血相を変え、叶奏さんを蘇芳さんから引き離そうと間に入る。

「蘇芳様、おやめください！　私はこの娘に対して、なんら恨みを持っておりません！」

撫子さんが叫んだ時、

「蘇芳、その娘を放しなさい」

その場の空気を支配するような、凜とした声が響いた。薄雪さんだ。有無を言わせない声音に、蘇芳さんは叶奏さんの首から手を離した。叶奏さんが膝をつき、ゲホッとむせたので、私は急いで彼女の背中を撫でた。

「大丈夫？」

私の問いかけに、叶奏さんが無言で頷く。泰斗さんが娘をかばうように、蘇芳さんの前に立ち塞がった。

蘇芳さんは手を離したものの、瞳の中には依然、怒りの炎をたぎらせている。

「撫子が恨みを持っておらずとも、他の霊狐はどうであろう。この娘に家族を傷つけられた者もいる。悲しい思いをした霊狐は多い」

自分の過ち（あやま）に気付いた叶奏さんは蒼白（そうはく）になり、震える声を出した。

「ごめんなさい……ごめんなさい……」

「蘇芳。落ち着きなさい。怒りのままに行動してはいけないわ」

薄雪さんが蘇芳さんの肩に手を置いて、静かな口調で語りかける。

「この娘にも事情があったのです」

「だからといって、同胞を傷つけていい理由にはならぬ！」

蘇芳さんは薄雪さんの腕を乱暴に払った。二人の視線がぶつかり、バチバチと火花を散らす。

私はどうしていいのかわからず、九重さんに目を向けた。九重さんは、何か考え込んでいるようだ。

一触即発（いっしょくそくはつ）の雰囲気の中、

「蘇芳。全ての原因はわたくし。この娘を罰するならば、わたくしを罰して」

葛葉さんが、薄雪さんと蘇芳さんの間に入った。両手を上げ、二人を制す。

「わたくしが泰斗様を奪い、ここへ連れてきたから、この娘は孤独に押し潰されて、ゆがんでしまったの。わたくしこそ、孤独を知っていたのに……」

葛葉さんの口調はどこまでも静かだったけれど、その中に叶奏さんへの思いやりを感じ、私はほんの少しほっとした。

「葛葉を罰するのはお門(かど)違いというものじゃ。罪はこの娘に贖(あがな)わせねばならぬ」

蘇芳さんの言葉に、葛葉さんの眉が寄る。

「蘇芳。罪はわたくしにあります」

「葛葉……」

泰斗さんが心配そうに葛葉さんの名前を呼んだ。叶奏さんを置いて高天原へ来てしまったことを後悔していても、彼はやはり、葛葉さんを想っているのだろう。

「では、こうしたらどうやろか？」

突然、九重さんが、パンと手を打った。皆が、一斉に九重さんを見た。

「狐たちの至高のお方にジャッジしてもろたらええねん」

「至高のお方……？」

私が首を傾げると、九重さんは惚れ惚れするような美しい笑顔で、その名を告げた。

「宇迦之御魂大神(うかのみたまのおおかみ)様や」

色鮮やかな朱色の建物は、伏見稲荷大社の本殿に似ていた。宇迦之御魂大神が現れるという部屋は、周囲を御簾(みす)で囲まれていて、中が見えない。

私たちが通された謁見(えっけん)の間(ま)は、先ほどからお香のような香りが漂っていて、とてもいい匂いだ。

私の隣には、宇迦之御魂大神に会うため、正装した九重さんが座っている。白い袴をはき、裾に蓮の花模様が入った薄紫色の上着を羽織る九重さんは、妖しいまでに美しい。

私のために薄雪さんが用意してくれたのは、平安時代風の衣装だった。十二単ほど仰々しくはないものの、緋袴の上に、何枚かの上着を重ねている。色は黄色系で、一番上の衣は、結び文の模様が入った可愛らしいものだ。

叶奏さんと泰斗さんも、私たちと似たような格好をしている。天狐の三人も十二単風の和装で、薄雪さんは青色系、蘇芳さんは赤色系、葛葉さんは緑色系の上着を羽織っていた。

私の傍らにくっついているゆきみちゃんは、この場所が怖いのか、ずっと震えている。

御簾の奥には、まだなんの気配も感じない。

しばらく待っていると、お香の香りが強くなり、空気がピリッと緊張した。先ほどまで、誰もいないと思っていた御簾の奥に人の気配を感じる。天狐の三人が、床に額がつくぐらい、深くお辞儀をした。私たちも慌てて頭を下げる。

「薄雪、蘇芳、如何した？　葛葉、そなたがここへ来ることは許しておらぬはずだが？　しかも、妙な者たちを連れておるな。皆、頭を上げよ」

歌うように紡がれたその声を聞いた瞬間、私の体に震えが走った。天上の楽器のように美しく、凜としたその声は、たとえ聞こうとしていなくても、否が応でも頭の中に響く、強い力を持っていた。

「ふむ、そやつは葛葉が人間界から連れてきた男だな。隣にいるのはその娘。それから九尾。もう一人は……」

宇迦之御魂大神の視線を感じ、緊張する。

見られてる……。

知らず、背中に冷や汗が伝う。

「ふふ。懐かしい顔じゃ」

宇迦之御魂大神が笑った気配がした。

懐かしい？

どういう意味だろう。

「恐れ多くも、我らが主、宇迦之御魂大神様。本日はお願いがあって参りました」

薄雪さんが神気に臆する様子もなく、用件を口にした。

「お願いとな？」

衣擦れの音がする。どうやら、宇迦之御魂大神は、御簾の中で腰を下ろしたようだ。

「罪の在処を明らかにしていただきとうございます。こちらの娘、叶奏は、安倍保名の生まれ変わり、泰斗の娘でございます。葛葉が泰斗を高天原に攫ったため、父を捜してここまで来ました。叶奏は父と共にありたいと望んでいます。しかし、叶奏は、我らの同胞を傷付けた罪人でございます。罰を与えるべきか、願いを叶えてやるべきか、宇迦之御魂大神様のご判断を仰ぎたく存じます」

薄雪さんが流れるように説明する。すると宇迦之御魂大神が「ふむ……」とつぶやいた。

「我が眷属を害したとな。それは許されざる罪である」

そんな……！

私は息を呑んだ。神様に罪人だと断じられたら、叶奏さんはどうなってしまうのだろう。ちらりと彼女の顔を見ると、蒼白になっている。泰斗さんも同様だ。私は助けを求めるように九重さんを見た。彼の表情には、なんの感情も浮かんでいない。

ポーカーフェイスなの？　それとも、九重さんも、叶奏さんに罪があると思っているの？だって、九重さんも霊狐の一族なわけだし……。

心臓がドクドクと音を立てる。緊張と恐怖で息苦しい。

「けれど、彼女が罪を犯したのは、葛葉が父を奪ったため。葛葉は自分こそが罪人だと申しております」

薄雪さんは、公平な判断を仰いでいるようだ。神様を前にしても、終始堂々としている薄雪さんの態度に、私は敬服した。

「なるほど。確かにそれも一理ある。人間をこちら側に攫ってくるのは禁じられておる」

宇迦之御魂大神の言葉に、葛葉さんが平身低頭した。泰斗さんが苦しそうに表情をゆがめる。

「さて、どうしたものかな」

宇迦之御魂大神は考え込んでいるようだ。

その場に沈黙が落ちた。

どうしよう、叶奏さんが罰せられたら。

叶奏さんは狐たちを傷付けてきた。でも、それは、たった一人の親をなくしたから。寂しくて、どうしようもなくて、お父さんを奪った葛葉さんを恨んだから……。

彼女が長い間抱えてきた、一人ぼっちの寂しさを想像すると、胸が痛くなる。

彼女は罪を犯したけれど……。

きゅっと唇を引き結んだ。床についた手を握り締める。

私は背筋を伸ばすと、御簾の中にいる宇迦之御魂大神に語りかけた。

「宇迦之御魂大神様、聞いてください」

突然口を開いた私に、天狐の三人が振り返り、驚いた表情を浮かべた。

「叶奏さんは確かに霊狐の皆さんを傷付けました。それは許されざる罪です。叶奏さんは罪を償わなきゃいけない。それは絶対です。後悔が彼女を苦しめても、そうするべきです。でもさすが宇迦之御魂大神様、叶奏さんに更生（こうせい）の機会を与えてください。そして、どうか、広いお心で、叶奏さんを受け入れてあげてください。彼女は長い間一人ぼっちだった。不条理にお父さんを失い、混乱しながらも、一生懸命生きてきたんです。葛葉さんもまた、大切な人を忘れられなくて、長い間、孤独に耐えてきたのだと思います。泰斗さんを攫ってきたのはいけないことだけれど、そうせざるをえなかった苦しさ。……私はわかるような気がします。人を恋（こ）い慕（した）うことって、止められない気持ちだから……」

私は必死に訴えた。叶奏さんと葛葉さんのためというよりも、二人が罰せられるところを見たくないという、自分の気持ちをぶつけただけかもしれない。

「お願いします」

私は両手を床につき、深く頭を下げた。

しばらくの間、誰も口を開かなかった。

どれぐらい沈黙が続いたのかわからない。

「ふむ。それもまた、一理ある」

宇迦之御魂大神が答えた。

さらさらと御簾が上がる音がした。思わず顔を上げる。

一段高い部屋から、赤い袴の裾が下りてきた。再び、天狐の三人が頭を下げたけれど、私は固まったまま、動けなかった。目の前に現れたのは、白い着物に黄金色の上着を羽織った、長い髪の女性だった。そのかんばせは目が眩みそうなほど、美しい。

この人のこと、私、知ってる。

遠い昔、会ったことがある。

宇迦之御魂大神は滑るような動きで近付いてきた。足首に鈴でも付いているのか、彼女が足を踏み出すたびに、リンッと音がする。

隣で叶奏さんと泰斗さんも頭を下げていた。あまりの神々しさに、宇迦之御魂大神を直視できなかったのだと思う。九重さんは背筋を伸ばして、宇迦之御魂大神を見つめていた。

宇迦之御魂大神が目の前に来て、私の顎に手を当て、上を向かせた。

「人の子よ。お前には恩がある」

恩って一体なんのこと？

私を見つめる漆黒の瞳は、どこまでも深い。

「わかった。この娘と葛葉を罰しはしない。葛葉はこの先も保名の生まれ変わりと高天原の外れで暮らせ。仲間のもとに戻ることも、妾に仕えることも、引き続き許さぬ。娘は妾が引き取ろう。妾のもとで罪を償え。時々ならば、父に会うことも許そう」

叶奏さんが息を呑み、震える声でお礼を言った。

「ありがとう……ございます……」

「これでどうじゃ？」

宇迦之御魂大神は私から手を離すと、ふっと唇の端を上げた。私は笑みを浮かべた。

「はい……はい、ありがとうございます！」

宇迦之御魂大神は艶やかに笑った後、私の傍らに目を向けた。

「さて、そなたはなぜここにいるのじゃ？」

ゆきみちゃんの首筋を摘まみ、ひょいと持ち上げる。ゆきみちゃんは、ぷるぷると震えている。

「宇迦之御魂大神様、その子は私が連れてきたんです！　叱らないであげてください！」

慌てて訴えると、ゆきみちゃんを見ていた宇迦之御魂大神が感心したように言った。

「幼いながらも、恩人に仕えていたか。その心がけは立派」

「恩人？」

わけがわからず、おろおろしている私の手の中に、宇迦之御魂大神がゆきみちゃんを落とす。急いでキャッチし、守るように胸にぎゅっと抱いた。

「人の子よ。その子狐は、昔、そなたが助けた狐じゃ。覚えておらぬか？」

私の脳裏に、一気に昔の思い出が蘇った。

私、子どもの頃、稲荷山で子猫を助けたことがある。その後、綺麗な女の人が現れて、子猫を助けたお礼にしるしを授けると言って、私の首筋に触れた――

「もしかして、あの時の子猫がゆきみちゃん？」

腕の中のゆきみちゃんに尋ねると、ゆきみちゃんは、「ようやく思い出してくれたの？」と言うように、嬉しそうに「コンコンッ！」と鳴いた。

「私が狐たちに好かれるのって、宇迦之御魂大神様のしるしがあったから……？」

私のつぶやきに、宇迦之御魂大神がにこりと笑う。

「人の子よ。そして九尾よ。これからも人間界で、狐たちを守るのじゃ」

宇迦之御魂大神はそう言うと、私の頭を優しく撫でた。

「お任せください。彼女が一緒なら、僕はなんでもできます」

九重さんが、私を見て微笑んだ。それは今までで一番綺麗な笑顔で、私の胸がとくんと鳴った。

宇迦之御魂大神のお社からお暇した私と九重さんは、高天原の入り口である大門の前まで戻ってきた。叶奏さん、泰斗さん、薄雪さんは見送りに来てくれている。

「ありがとうございました、七海さん。それから、本当に申し訳ありませんでした。私、これからしっかりと罪を償っていきます」

叶奏さんが私の手を取り、ぎゅっと握った。彼女の表情からは、初めて会った時のとげとげしさが消えている。

「お父さんと一緒に暮らすのは無理そうだけど、会えるようになってよかったね」

私も叶奏さんの手を握り返し、笑いかけた。

「お二人には大変お世話になりました。ありがとうございました」

泰斗さんも私たちにお礼を言った。九重さんが「いいえ」と首を振る。

「僕はなんにもしてへん。全部七海さんの力や」

「そんなことはないですよ。所長がそばにいてくれたから、勇気が出たんです」

九重さんがあの状況でも動じていなかったから、きっと私も臆(おく)することなく宇迦之御魂大神に意見を言えたのだと思う。

「蓮。やっぱりあなたも帰るの？　あなたはここに残ればいいのに」

薄雪さんが残念そうな顔で息子を見た。九重さんが優しいまなざしを母親に向ける。

「僕にはお役目があるし。前世で行った罪を贖わなあかん。こちらで暮らすことはできひん」

「……ダキニ天様も、私たち母子に酷なことをなさる……」

切ない表情を浮かべた薄雪さんの両手を、九重さんが握る。

「お母さんに寂しい思いをさせてかんにん。でも僕は、このお役目を意外と楽しんでやってるんやで」

薄雪さんは「しかたがない」と言うように溜め息をついた。

「七海さん。あなたが、今、蓮のそばにいてくださっている方なのよね？　蓮をよろしくお願いしますね」

私の目を見つめ微笑んだ後、薄雪さんは丁寧に頭を下げた。薄雪さんに九重さんを託され、私は胸に手を当て、力強く約束した。

「はいっ、わかりました！　お任せください！」

そんな私を見て、九重さんが嬉しそうに目を細めている。

「さあ、帰ろうか。急がへんと、浦島太郎になってまう」

「あっ、そうですね。こっちとあっちって、時間の流れが違うんでしたね」

どれぐらいの間、高天原にいたのだろう。感覚的には、とても長かった気がする。

不安になって、ポケットに入れていたスマホを取り出すと、時計が狂っている。

「十年ぐらい経ってたらどうしよう……」

私のつぶやきを聞いて、九重さんが茶目っ気のある仕草で片目を瞑った。

「それは帰ってからのお楽しみや。ほな、お母さん、また」

「いつでも『谺ケ池』で呼んでちょうだいね。会いに行くから」

薄雪さんが名残惜しそうに九重さんの体を抱きしめた。

「うん」

九重さんも薄雪さんの体を抱きしめ返し、頷く。

私は足元にいたゆきみちゃんを抱き上げた。

そして私たちは、三人に手を振られながら、高天原の門を潜った。

終章　誘惑の行方

　人間界に戻ってくると、私は真っ先にスマホの日付を確認した。向こうの世界で狂っていた時計はもとに戻り、私たちがあちらに行った日から六日が経過した日時を示していた。高天原（たかまがはら）にいたのは、二日だけだったようだ。

「はぁ～……なんだか疲れました……」

　伏見稲荷大社（ふしみいなりたいしゃ）から九重（ここのえ）さんが暮らすマンションに来た私は、リビングのソファーに座り、深々と息をついた。

　高天原では感じなかったのに、帰ってきた途端にお腹が空（す）いた。九重さんがピザを頼んでくれたので、今はそれが届くのを待っている。

「あっちでいろいろあったしね」

　キッチンでコーヒーを淹れていた九重さんが、マグカップを持ってリビングにやって来た。私に手渡してくれる。

「ありがとうございます」

受け取ったコーヒーは、カフェオレになっていた。口を付けると、どうやら、砂糖が入っているようだ。疲れた体に甘みが沁みた。

ゆきみちゃんも疲れたのか、私の隣で丸くなり、すうすうと寝息を立てている。

九重さんが、無事にこちらへ戻ってきたことを葵君に知らせると、彼から、私たちが出かけていた間、『セカンドライフ』の事務所のほうはなんとかしておいたと報告が入った。

カフェオレを飲んで一息ついた後、私は思い切って、気になっていたことを九重さんに尋ねた。

「すみません、失礼かもと思ったんですけど、気になって……所長のお父さんって、今はどこにいらっしゃるんですか？　葛葉さんは好きな人を高天原に攫ってしまったけど、薄雪さんはそうしなかったんですよね？」

私の質問を聞いて、九重さんはにこりと笑った。隣の部屋に入っていき、一枚のＣＤを持って戻ってくる。差し出されたＣＤを受け取ると、私でも知っている有名な日本人ピアニストのアルバムだった。ジャケットには、品のいい老紳士がグランドピアノを弾いている写真が使われている。

「僕のお父さんはピアニストやねん。コンサートで世界中を飛び回ってはる。――僕が小さい頃、お母さんは、宇迦之御魂大神様に罰せられる覚悟で『家族皆で高天原で暮らそう』ってお父さんを誘ったんやって。自分は霊狐で長生きやけど、お父さんは人間。人間界にいたら、あっという間に別れが来てしまう。でも、お父さんは、僕を人間として育てたいって言って断らはった。お母さんが罰せられへんようにしたかったんやと思う。それに、ピアニストの夢も諦めたくなかったんやろうね」

「そうだったんですか……」

「お母さんが人間界に出てくる道もあったけど、お母さんはお父さんの意志を尊重して、宇迦之御魂大神様にお仕えするお役目を選ばはってん。つらい選択やったと思うけどね。葛葉さんが泰斗さんと共に人間界で生きていく道を選ばず、泰斗さんを攫ったのは、少しでも長く彼と一緒にいたかったからやないかな。もしかしたら、霊狐も人間界で暮らすことが可能やという話を、泰斗さんには隠してはったんかもしれへんね」

霊狐は長寿だから、どうしても人間のほうが先に死んでしまう。しかも、高天原や狭間の世界と、人間界の時間の流れは違う。高天原にいる霊狐にとっては、人間はあっという間に年老いて死んでしまう儚い存在だろう。薄雪さんは取り残されてしまうのだ。

それって、とても寂しくて、悲しいことなんじゃないかな……。

私がしゅんとしていると、九重さんが私の頭をぽんぽんと叩いた。

「二人が決めたことやし、七海さんはそんな顔をしいひんでもええよ」

「半人半狐の九重さんは長寿だったりするんですか？」

せめて息子の九重さんだけでも、薄雪さんと同じ時間を過ごせたらと思って聞くと、予想外の答えが返ってきた。

「霊狐ほどやないけど、普通の人間よりは長寿やと思うで。老いる速度も遅いし。だって僕本当は――」

九重さんが私の耳に唇を寄せて囁いた年齢に驚いた。

「嘘ぉ……」

思わず間抜けな声を出してしまった私を見て、九重さんが面白そうに笑う。

「おじさんは嫌？」

顔を覗き込まれ、心臓が音を立てた。妖しく光る瞳にどぎまぎする。

「しょ、所長！　魅了の力を使わないでください！」

両手で自分の顔を押さえ、九重さんの視線を遮る。

「七海さんには使ったことないで？」

「えっ」

思わず顔から手を離し、九重さんを見上げた。

「葵が問題を起こした時とか、人間界にいる霊狐がうっかり正体を知られそうになった時なんかは、誤魔化すためにつかったりするけど、本来なら気軽に使う力ではないしね。まして、気になる女性に使うなんて、絶対にしいひん」

「き、気になるって……」

私の顔がカーッと熱くなる。

「もしかして、僕が七海さんに力を使ってるって思ってたん？　なんで？」

「えっ、あっ、そ、それは……」

焦って口ごもる私の頬を、九重さんが軽く撫でた。思わず「ひゃっ」と小さな声を上げて目を瞑る。

「初心な反応する七海さんは可愛らしいなぁ」

私は立ち上がり、九重さんから逃げた。

「からかわないでくださいっ」

「ふふっ。さて、どうやろ」

思わせぶりな笑顔が美しくて、目眩がしそう。

私が人材派遣会社『セカンドライフ』に入社したのも、九重さんにときめいたのも、全部自分の感情だった。

上司と恋愛なんて、懲りごりだって思っていたのに。

私はとっくの昔に、彼に捕らわれていたみたい。

＊

撫子(なでしこ)さんが寮に戻り、再び霊狐四人との共同生活が始まった。

撫子さんは叶奏(かなで)さんの行方を捜すという目的を果たしたものの、この先も人間界で暮らしていくことに決めたのだという。

もしかしたら彼女を傷付けるかもしれないと思ったけれど、私は撫子さんがお母さんである葛葉さんをどう思っているのか聞いてみた。葛葉さんは保名さんと別れて孤独だったと言っていたけれど、そばには娘の撫子さんとそのお父さんがいたはずだ。

すると撫子さんは、「母は私と父を愛してくれましたが、私たちだけでは母の孤独を埋められなかったのでしょう」と、寂しそうに笑った。

切なくなり、私が思わず撫子さんを抱きしめると、撫子さんは、

「母のことは好きです。母が泰斗さんと出会えてよかった。そして私は、人間界で皆さんと生活できて幸せです」

と言って私の背中に回した腕に、力を込めた。

夕食後にリビングでまったりしていると、葵君がソファーに座っていた私にすり寄ってきた。

「結月(ゆづき)～。今日は女の子にフラれたんだよ。慰めて～」

女たらしの葵君がフラれたという話が珍しく、私は「どうしてフラれたの？」と聞いてみた。すると、

「デートをダブルブッキングしちゃったんだ」

軟派な答えが返ってきて呆れた。

「それって自業自得じゃない」

「結月、ひどい。そんなひどい結月にはこうだっ」

そう言うと、私の首に手を回し、ぎゅうっと抱きついてくる。

「相変わらず結月の匂いは癒やされる」

首元に鼻をすり寄せてくる葵君の額を押し返す。

「もうっ、抱きつかないで！」

「あっ、何、結月に抱きついてるのよ、葵！」

お風呂に入っていた白藤(しらふじ)さんが出てきて、私にくっついている葵君を見てまなじりを吊り

上げた。ダダッと駆け寄ってくると、ソファーに座っている私に突進する。

「結月は私のものよ！」

葵君ごと押し倒されて、「きゃあっ」と悲鳴を上げる。

「ちょっと待って……重い！」

ゆきみちゃんが白藤さんの服を引っ張り、引き離そうと頑張っている。

「二人共、そんな風に乗っかると、七海さんが潰れますよ」

まりなさんが出演しているアニメを見ていた常盤（ときわ）さんが、こちらを振り向いて苦笑した。

「皆で仲良くＤＶＤを見ましょう」

そう誘う常盤さんに、撫子さんがのほほんと笑いかける。

「常盤さん、相変わらずお好きですね」

「まりなさんは天使、いや、僕の女神です」

「俺たちの女神様は宇迦之御魂大神様じゃん」

葵君が突っ込むと、

「あの方はあの方、まりなさんはまりなさんです」

常盤さんは大切そうに恋人のブロマイドに、キスをした。

「あっ、そういえば結月。今、お店がセール中なの。今度見に来ない？」

白藤さんが私の上から半身を起こし、笑みを浮かべた。

「可愛い服が安いわよ。結月に似合いそうなものもたくさんあるわ」

「それなら、俺と行こうよ、デートしよ、結月」

葵君がにこにこと誘ってくる。

「わかった、行くから放して！」

私は二人に向かって叫び、なんとか体の下から抜け出した。

「絶対よ」

「絶対だからね」

目をきらきらさせている二人。常盤さんはＤＶＤに夢中で、撫子さんもそばで笑っている。ゆきみちゃんが私の膝の上に飛び乗ってくる。ふわふわの毛並みが気持ちいい。

彼らを見て、私は「この霊狐たちは本当に人間界での生活を楽しんでいるんだな」と嬉しく思う。

皆がずっと、私たちの世界を好きでいてくれるといいな。

それからしばらくして、久しぶりに『桔梗屋』のホームページを探すと、不思議なことに、綺麗さっぱり消えていた。

まるで、叶奏さんが、初めからいなかったように。

「ホームページ、消えちゃいましたね……」

私がパソコン画面を眺めていると、九重さんが背後に立った。

「そうやね」

「これから、野狐に憑かれて困っている人が現れても、一般の人が依頼をする先がなくなっちゃいましたね」

叶奏さんが高天原の帰り道に語ってくれた話によると、彼女は安倍晴明（あべのせいめい）の子孫だと言ってもかなり遠い血筋らしい。お父さんがいなくなった後、親戚の家に引き取られたものの、厄介者扱いをされて居場所がなく、早く家を出ようと、先祖代々伝わってきた魔を祓う刀と、持って生まれた狐を見分ける力を使って、祓い屋稼業を始めたのだそうだ。

祓い屋稼業は、お父さんを捜すためだけでなく、叶奏さんが自立し、生きていくための方法だった。

「叶奏さんの仕事って、やり方は乱暴だったかもしれないけど、必要な仕事なんだと思うんです」

「そうやなぁ……」

九重さんが、考えるように腕を組んだ。

「そんなら、僕が代わりに、祓い屋稼業始めようかな。七海さん、手伝ってくれへん？」

「えっ！　所長が？」

唐突な提案に、ぎょっとする。

「人材派遣会社&祓い屋『セカンドライフ』……どう？」

「ふふっ」と笑う九重さんを見て、私は「うーん」と唸った。

「なんだかそれ、すごく怪しい会社ですね……」

その時、トントンと入り口の戸が叩かれた。お客さんかなと思って振り向く。

九重さんが戸に歩み寄り、横に引いた。そこに立っていたのは、若い男性。頭に、狐の耳が生えている。

「あのう、ここで仕事を紹介してくれるって聞いて来たんですけど……」

「ええ、紹介しますよ。ここは霊狐をサポートする会社ですから」

九重さんがにっこりと笑う。

人材派遣会社『セカンドライフ』は、今日も霊狐の登録スタッフが増えそうだ。

●参考文献

中村陽 監修『イチから知りたい日本の神さま2　稲荷大神　お稲荷さんの起源と信仰のすべて』（戎光祥出版）
村上健司 著『京都妖怪紀行 ――地図でめぐる不思議・伝説地案内』（角川書店）
豊嶋泰國 著『「図説」憑物呪法全書』（原書房）

神さまお宿、あやかしたちとおもてなし
鈴の恋する女将修業
もふもふ
イケメン神さまに
強制嫁入りします!?
Naomi Satsuki
皐月なおみ
あやかしと人間が共存する天河村。就職活動がうまくいかなかった大江鈴は不本意ながら実家に帰ってきた。地元で心が安らぐ場所は、祖母が営む温泉宿『いぬがみ湯』だけ。しかし、とある出来事をきっかけに鈴が女将の代理を務めることに。宿で途方に暮れていると、ふさふさの尻尾と耳を持つ見目麗しい男性が現れた。なんと彼は村の守り神である白狼『白妙さま』らしい。「ここは神たちが、泊まりにくるための宿なんだ」突然のことに驚く鈴だったが、白妙さまにさらなる衝撃の事実を告げられて――!?
◎定価:726円(10%税込み)
◎ISBN 978-4-434-32177-1
●illustration:志島とひろ

生贄の娘は、

鬼に愛され華ひらく

天涯孤独で養護施設で育った里穂（りほ）。ある日、名門・花菱（はなびし）家に養女として引き取られるも、そこで待っていたのは、周囲の皆から虐めを受ける過酷な日々だった。そして十七歳の誕生日、里穂はあやかしの「生贄」となるよう養父から告げられる。だが、絶望する里穂に、迎えに来たあやかしは告げた。里穂は「生贄」ではなく、あやかしの帝の「花嫁」になるのだと――

各定価:726円（10%税込）

イラスト：セカイメグル

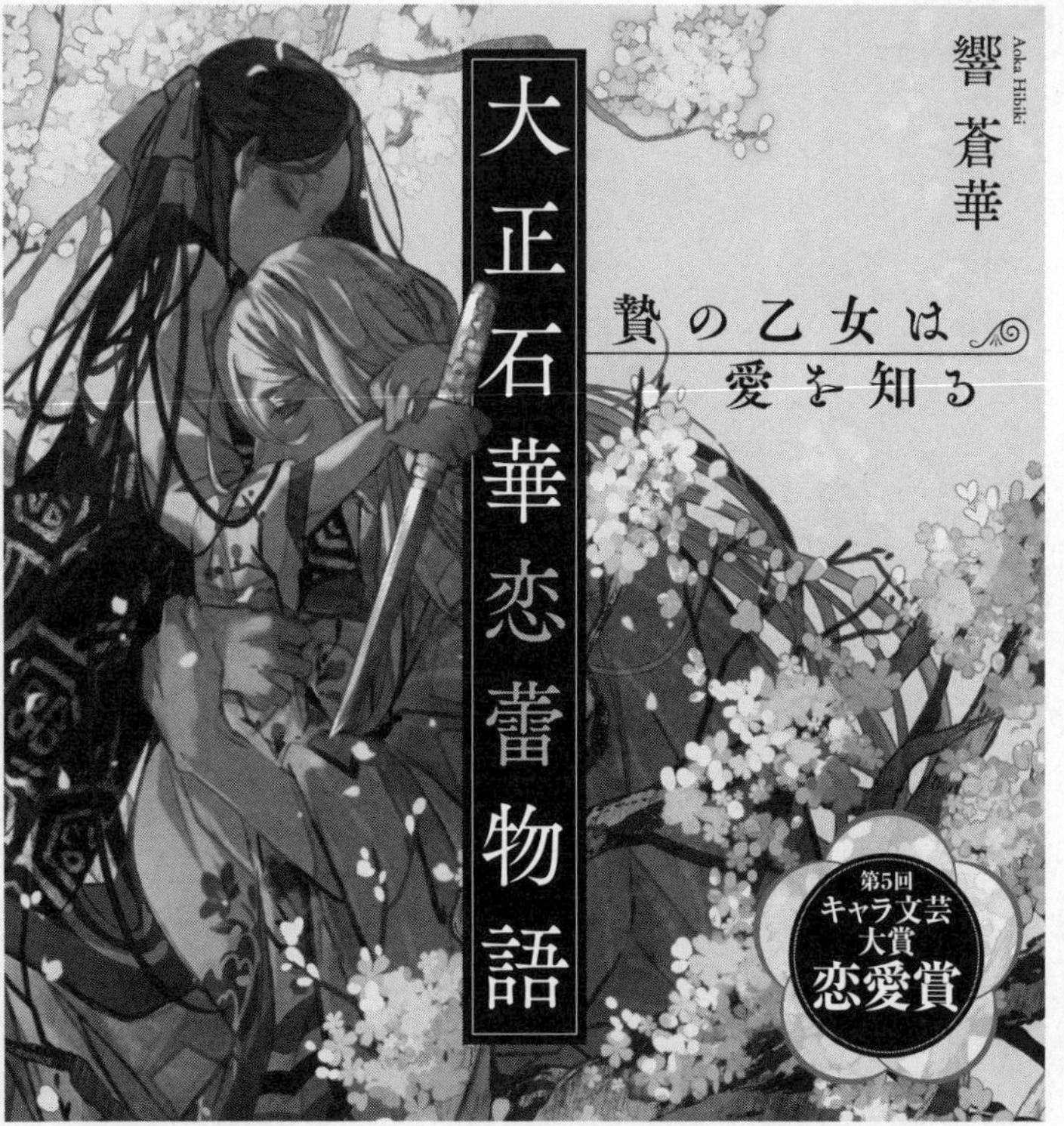

お前は俺の運命の花嫁

時は大正、処は日の本。周囲の人々に災いを呼ぶという噂から『不幸の菫子様』と呼ばれ、家族から虐げられて育った名門伯爵家の長女・菫子。ようやく縁組が定まろうとしていたその矢先、彼女は命の危機にさらされてしまう。そんな彼女を救ったのは、あやしく人間離れした美貌を持つ男――神久月氷桜だった。

「お前は、俺のものになると了承した。……故に迎えに来た」

どこか懐かしい氷桜の深い愛に戸惑いながらも、菫子は少しずつ心を通わせていき……

これは、幸せを願い続けた孤独な少女が愛を知るまでの物語。

Illustration七原しえ

定価：726円（10%税込み）　ISBN 978-4-434-31915-0

呪われた運命を断ち切ったのは優しく哀しい鬼でした

戦乱の世。領主の娘として生まれた睡蓮は、戦で瀕死の重傷を負った兄を助けるため、白蛇の嫁になると誓う。おかげで兄の命は助かったものの、睡蓮は異形の姿となってしまった。そんな睡蓮を家族は疎み、迫害する。唯一、睡蓮を変わらず可愛がっている兄は、彼女を心配して狼の妖を護りにつけてくれた。狼とひっそりと暮らす睡蓮だが、日照りが続いたある日、生贄に選ばれてしまう。兄と狼に説得されて逃げ出すが、次々と危険な目に遭い、その度に悲しい目をした狼鬼が現れ、彼女を助けてくれて……

定価：726円（10%税込み）　ISBN 978-4-434-31740-8

Illustration：白谷ゆう

付喪神(つくもがみ)、子どもを拾う。
Tsukumo gami picks up a child
真鳥カノ
Matori Kano
不器用なあやかしと、拾われた人の子。
美味しい父娘(ふたり)暮らし

店や勤め先を持たず、客先に出向き、求めに応じて食事を提供する流しの料理人・剣(けん)。その正体は、古い包丁があやかしとなった付喪神だった。ある日、剣は道端に倒れていた人間の少女を見つける。その子は痩せこけていて、名前や親について尋ねても、「知らない」と繰り返すのみ。何やら悲しい過去を持つ少女を放っておけず、剣は自分で育てることを決意する——あやかし父さんの美味しくて温かい料理が、少女の傷ついた心を解(ほど)いていく。ちょっぴり不思議な父娘の物語。

付喪神、子どもを拾う。
真鳥カノ
Matori Kano
アルファポリス文庫
不器用なあやかしと、拾われた人の子。
美味しい父娘暮らし
とっておきのレシピが傷ついた少女の心を癒す。

◎定価：726円（10%税込）　◎ISBN:978-4-434-31342-4　◎Illustration：新井テル子

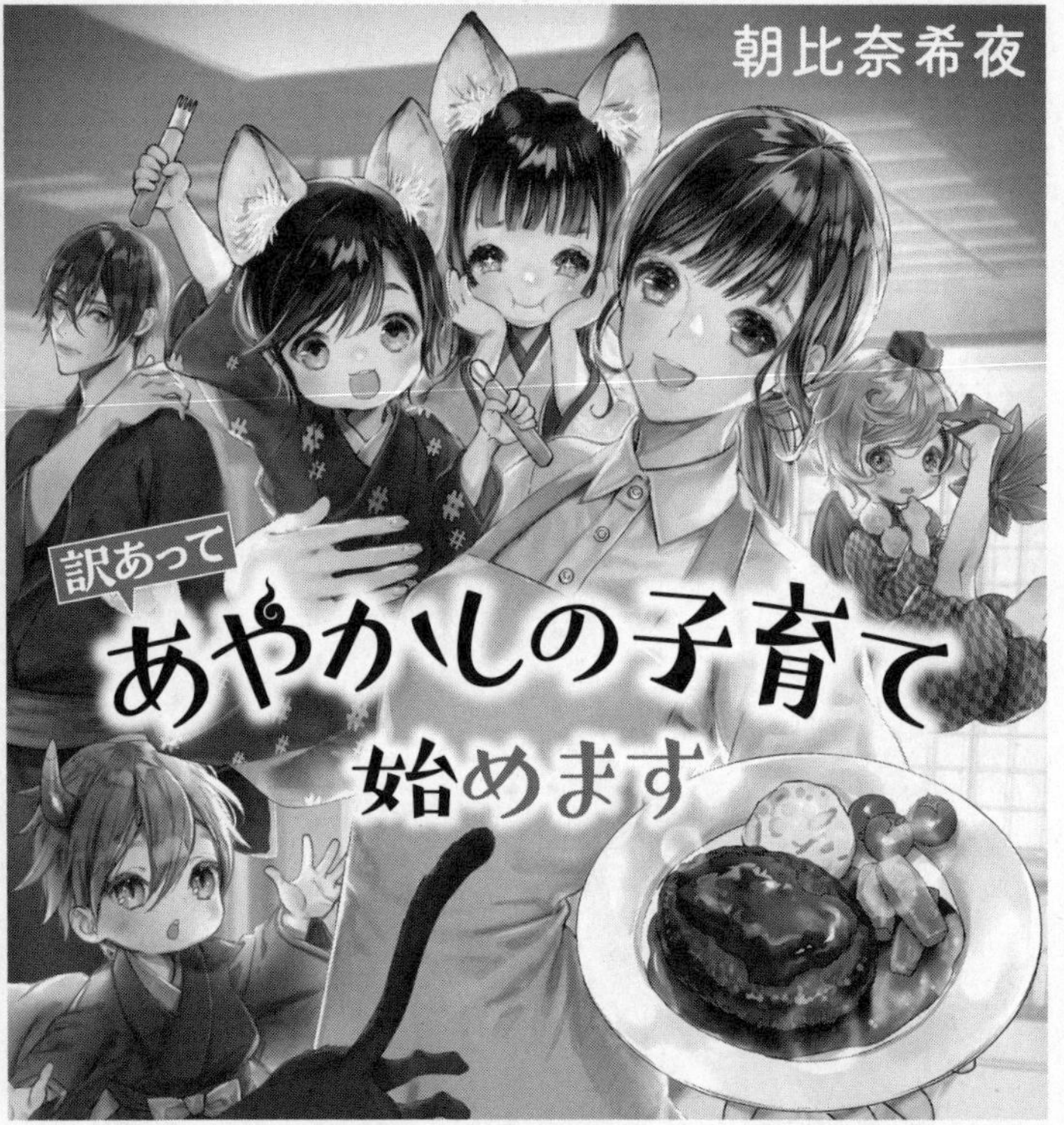

可愛い子どもたち＆イケメン和装男子との
ほっこりドタバタ住み込み生活♪

会社が倒産し、寮を追い出された美空はとうとう貯蓄も底をつき、空腹のあまり公園で行き倒れてしまう。そこを助けてくれたのは、どこか浮世離れした着物姿の美丈夫・羅刹と四人の幼い子供たち。彼らに拾われて、ひょんなことから住み込みの家政婦生活が始まる。やんちゃな子供たちとのドタバタな毎日に悪戦苦闘しつつも、次第に彼らとの生活が心地よくなっていく美空。けれど実は彼らは人間ではなく、あやかしで…!?

定価:726円（10%税込み）　ISBN 978-4-434-31498-8

Illustration：鈴倉温

かりそめ夫婦の稳やかならざる新婚生活

親を亡くしたばかりの小春は、ある日、迷い込んだ黒松の林で美しい狐の嫁入りを目撃する。ところが、人間の小春を見咎めた花嫁が怒りだし、突如破談になってしまった。慌てて逃げ帰った小春だけれど、そこには厄介な親戚と――狐の花婿がいて？　尾崎玄湖と名乗った男は、借金を盾に身売りを迫る親戚から助ける代わりに、三ヶ月だけ小春に玄湖の妻のフリをするよう提案してくるが……!?　妖だらけの不思議な屋敷で、かりそめ夫婦が紡ぎ合う優しくて切ない想いの行方とは――

定価：726円（10%税込）

イラスト：ごもさわ

この作品に対する皆様のご意見・ご感想をお待ちしております。

おハガキ・お手紙は以下の宛先にお送りください。

【宛先】

〒150-6008 東京都渋谷区恵比寿 4-20-3 恵比寿ｶﾞｰﾃﾞﾝﾌﾟﾚｲｽﾀﾜｰ 8F
(株) アルファポリス　書籍感想係

メールフォームでのご意見・ご感想は右のＱＲコードから、
あるいは以下のワードで検索をかけてください。

アルファポリス　書籍の感想　検索

ご感想はこちらから

アルファポリス文庫

あやかし古都の九重さん
～京都木屋町通で神様の遣いに出会いました～

卯月みか（うづき みか）

2023年 6月 30日初版発行

編集－勝又琴音・今井太一・宮田可南子
編集長－太田鉄平
発行者－梶本雄介
発行所－株式会社アルファポリス
〒150-6008 東京都渋谷区恵比寿4-20-3 恵比寿ｶﾞｰﾃﾞﾝﾌﾟﾚｲｽﾀﾜｰ8F
TEL 03-6277-1601（営業）　03-6277-1602（編集）
URL https://www.alphapolis.co.jp/
発売元－株式会社星雲社（共同出版社・流通責任出版社）
〒112-0005 東京都文京区水道1-3-30
TEL 03-3868-3275
装丁イラスト－Shabon
装丁デザイン－AFTERGLOW
印刷－中央精版印刷株式会社

価格はカバーに表示されてあります。

落丁乱丁の場合はアルファポリスまでご連絡ください。

送料は小社負担でお取り替えします。


ISBN978-4-434-32175-7 C0193